序 言

吹号手的赞歌

13世纪的时候，有这么一个小男孩，他的勇气与爱国精神经由小号声流传至今。不过他吹的是一首"未完成"的曲子，因为有一次他在一座塔楼上吹小号的时候，一个入侵的鞑靼兵突然用箭射中了他的胸膛。

15世纪的时候，另一个小男孩站在同一座塔楼之上，用同一支小号吹奏同一首曲子。不同的是，这一次他非常理性地吹完了整首曲子，以此作为信号，暗示自己正面临危险。

20世纪的时候，有一个人听到了这首每小时吹奏一次的未完成的古老曲子，于是写下了这本书——基于部分真实故事虚构了前文提到的第二个小男孩。令人振奋的是这个故事成为我们这个时代最受欢迎的冒险故事之一。

读者阅读这本书时必须全神贯注，因为"克拉科夫城"这个陌生的地名多次在书中出现。这座城市对世界各地的游客来说并不熟悉，1928年之前的青少年读物中还从未出现过这个地名。学校的历史课本以及各种传说中也没有出现过一位名字如此怪异的国王。但是，凯利先生在书中给我们展现了中世纪波兰的无限魅力。他把丰富多彩的人物塑造得真实而令人兴奋，也让这座陌生而古老的城市变得真实而令人神往。我们阅读本书时，通过年轻人约瑟夫的视角，能看到一个既有炼金术士，又有铠甲骑士的世界，一个既有善良神父，又有恐怖恶棍的世界。跟随着约瑟夫的脚步，我们见证了伟大的国王为约瑟夫一家主持正义，也见证了那个招致灾难的古老宝贝——塔尔诺夫大水晶球——出人意料的结局。

对青少年来说，最起码这本书为他们打开了解波兰

吹号手的诺言

The Trumpeter of Krakow

[美] 埃里克·凯利◎著　高琼◎译

湖南文艺出版社
HUNAN LITERATURE AND ART PUBLISHING HOUSE.

小博集
BOOKY KIDS

·长沙·

图书在版编目（CIP）数据

吹号手的诺言 /（美）埃里克·凯利著；高琼译.
长沙 ：湖南文艺出版社，2024. 11. -- ISBN 978-7
-5726-2008-9

Ⅰ. I712. 84

中国国家版本馆 CIP 数据核字第 202406Y8D4 号

上架建议：畅销·儿童文学

CHUIHAOSHOU DE NUOYAN

吹号手的诺言

著　　者：〔美〕埃里克·凯利
译　　者：高　琼
出 版 人：陈新文
责任编辑：吕苗莉
监　　制：李　炜　张苗苗　文赛峰
策划编辑：李孟思　马　瑄
特约编辑：杜天梦　杜佳美
营销编辑：付　佳　杨　朔　周晓茜
封面设计：梁秋晨
版式设计：马俊赢
内文排版：金锋工作室
出　　版：湖南文艺出版社
　　　　　（长沙市雨花区东二环一段 508 号　邮编：410014）
网　　址：www.hnwy.net
印　　刷：三河市鑫金马印装有限公司
经　　销：新华书店
开　　本：875 mm × 1230 mm　1/32
字　　数：147 千字
印　　张：10.125
版　　次：2024 年 11 月第 1 版
印　　次：2024 年 11 月第 1 次印刷
书　　号：ISBN 978-7-5726-2008-9
定　　价：29.00 元

若有质量问题，请致电质量监督电话：010-59096394
团购电话：010-59320018

历史的一扇窗户，这是一件很好的事。1928 年秋天，这本书刚出版便立刻得到了业界如潮的好评。跟文学评论家一样，青少年们也非常喜爱这本书；一经出版，大家便奔走相告、争相传阅。出版后才过去短短几个月，就有一个图书馆写信跟我说，书架上这本书的一个又一个复本因为频繁借阅已经严重磨损了。

在波兰，本书同样广受欢迎，它"象征着波兰人跟美国人建立起新的友谊"。为了表达感激之情，克拉科夫市议员赠送了作者和本书的出版商一支非常古老的银色小号，这支小号之前经常在圣母玛利亚教堂塔楼被人吹奏。而在纽约公共图书馆举行的图书周座谈会上，凯利先生进行了主题演讲，其间，他介绍了本书的创作由来——他经常去那座教堂，在那里总能听到那首由小号吹奏的"未完成"的古老圣歌，随后，他手里拿着计时器站在那里。

"此时此刻，克拉科夫城的另一支小号吹响了，你听到的是每一个波兰人都熟悉的象征着英雄主义的小号声。"

这时，他朝门口点头示意了一下，只见他带来的一个身材魁梧的纽约警察乐队的成员站在那里。小号声立刻响起来，声音响亮刺耳，令人肃然起敬。尽管如此，这是多么令人难忘的重要时刻啊！没有人知道他刚刚在地下室匆忙地学习这首曲子，因为他不知道如何识谱。

波兰赠送的那支古老的银色小号被珍藏在一个里面有天鹅绒内衬、外面四周插着红旗的箱子里，在美国各地展览了一年之久。有时候小号陈列在各个书店里供人参观，有时候游走于各地的学校跟图书馆之间，供人吹奏。从那时到现在，古老塔楼里吹奏的都是略逊一筹的其他小号。

当然，本书于1929年在华盛顿特区获得纽伯瑞儿童文学奖金奖之时，那支小号在美国图书馆协会颁奖仪式上被吹响了。凯利先生发表获奖感言时说道："我不知道你们是否确切地称它为一首赞歌，但这首在克拉科夫城奏响的曲子让人有几分心潮起伏，激发了我内心的震撼……我第一次前往克拉科夫城是在波兰重新崛起之后，我突然听到头顶大钟隆隆的声音，低沉而浑厚，紧接着是警报声，随后是小钟声。鸽子闻声吓得四散奔逃，它们瞬间扑棱棱地飞起来，犹如阳光下四处飘飞的白色雪花。而后一切归于平静，只有天空中鸽子展翅高飞的声音。这时，空中传来了小号声，是《海那圣歌》。我无法形容自己当时的心情，我开心极了，我想大声尖叫，我想放声高歌、手舞足蹈，我甚至想倒立。我感觉到自己的心脏开始跳动，虽然心跳平缓如水，却似乎在喷射阵阵火花。

"这种陶醉始终陪伴着我。后来，我再一次来到波兰学习。其间，我每天都会花上一段时间走进那个教堂倾听这首曲子。我有时候早上去，有时候中午去，有时候晚上去，甚至深夜或者凌晨一两点去……只因为我太喜欢它了。它保护着我心灵的每一种情绪，表达了我心中的每一种喜悦。"

有这么一位记者，基于自己敏锐的洞察力和诗意的情感，创作出了这本不同凡响的书籍。

第一次世界大战期间，凯利先生被派去支援驻扎在法国的波兰军团。他对波兰的热爱就是从那个时期开始的。他在那里一直工作到波兰解放，之后与驻法军团一同返回波兰待了三年。其间，波兰政府授予了他三枚奖章。后来，在纽约科希丘什科基金会的资助下，他于1924年回到波兰进行了为期一年的讲学跟研究工作。受到这片土地以及当地人民的启发与激励，他搁置了撰写严肃科普书籍的计划，创作出这本具有浪漫主义色彩的儿童小说。

本书获得成功之后，他又创作了另外两本关于波兰历史上重大事件的小说，其中一本也是以波兰为背景的少年读物，另一本是关于圣诞节的故事，书名叫《在干净的草堆里》。他还创作了一些其他的书籍。他在达特茅斯教授英国文学与波兰历史直至退休。此后，他在缅因州海岸外的一座小岛上居住下来并继续写作。1960年他在那里去世。但是，他的教学以及他的作品却在他深爱的两个国家里生生不息，永远地流传下去。

路易丝·西曼·贝克特尔

1966 年 4 月于基斯科山

目录 CONTENTS

克拉科夫吹号手的古老誓言

我以波兰人的名誉起誓，

以波兰国王仆人的名誉起誓：

我将忠于职守，至死不渝，

每个小时在圣母玛利亚教堂的塔楼上，

吹响歌颂圣母玛利亚的《海那圣歌》。

引　子
休止符

公元 1241 年春天，一则流言沿着基辅的公路在俄罗斯大地传播开来，他们说东方的鞑靼兵又来了。听到这个消息，男人们吓得瑟瑟发抖，妈妈们则把孩子紧紧地搂在怀里，因为"鞑靼"这个名字足以让人们血液凝固、胆战心惊。几个星期之后，流言越传越厉害，一个消息传到了波兰——我们的土地上：乌克兰的领土已经火光冲天。后来听说基辅沦陷了，紧接着"狮城"利沃夫也沦陷了。现在，这帮野蛮的鞑靼兵跟美丽的克拉科夫城之间，只隔着几处宁静的村庄和肥沃的田野，完全没有任何障碍。

　　这帮鞑靼兵如野兽一般在世界上横冲直撞。他们所到之处，赶尽杀绝、寸草不留。他们身材矮小，皮肤黝黑，大胡子浓密蓬乱，长长的头发编成一根根小辫。他们骑着小马，马背上满载着打仗时抢来的战利品。尽管他们如雄狮一般勇猛无畏，似巨犬一样胆壮气粗，但他们铁石心肠，毫无仁慈之心，毫无怜悯之情，也不知柔情为何物，更别提信仰上帝了。他们骑着战马，随身携带着裹着皮革的铁盾，长矛则常常挂在马鞍上。他们的肩膀、大腿上都裹着兽皮。有些人耳朵上戴着金耳环——偶尔还有一两个人鼻子上戴着金鼻环。他们所过之处，战马奔腾，扬起漫天尘土，马蹄声震耳欲聋，隔着老远都能听到。鞑靼兵多得数不清，不管在哪儿，部队若要从头到尾全部通过，都需要花上几天的时间，而跟在部队后面的是绵延几英里 ①，隆隆行进的马车，它们负责运送战俘、粮草和战利品——通常是金子。

---

① 英美制长度单位，1 英里合 1.6093 千米。

　　鞑靼兵的前面总有一支长长的队伍，队伍中都是绝望的乡民，他们听到恐怖的鞑靼兵即将到来的消息后，被迫离开简陋的家园。他们告别自己的小屋，离别之时万般不舍、痛不欲生。一旦发生战争，无辜的人们总是遭受最大的痛苦——这些可怜无助的农民为了不被甩到后面遭受厄运，带着各自的车、马、鹅、羊，步履艰难、风尘仆仆地逃亡。在这支逃亡大军中，有气若游丝的老人——他们甚至在家里都无法走动，有哺乳孩子的妈妈，有病恹恹的妇女，有因失去毕生辛劳所得而悲恸欲绝的男人。孩子们则迈着沉重的步子疲惫地跟在大人身边，他们怀里常常抱着自己的宠物。

　　克拉科夫城向这支队伍敞开了大门，并做好了抵御敌人的准备。与此同时，许多贵族和富人或是逃到西边，或是逃到远在北边的修道院去避难。克拉科夫城外不远处就是兹维日涅茨，那里有一座修道院，里面的人充分利用修道院的空间，尽可能多地收留难民，并做好了抵挡围攻的准备。不过，对这支饱受恐慌又疲惫不堪的逃亡大军来说，能够在鞑靼兵追来之前顺利进城就已经心满意足了。他们刚一进城，就都面朝南方开始祈祷，因为在克拉科夫城的南边，维斯瓦河畔奇石嶙峋的山顶上，高高地耸立着一座外观雄伟壮丽、布局错落有致的塔楼式大型建筑，那便是瓦维尔城堡——从传奇的克拉库斯王时代开始，历代波兰国王把那里作为军事要塞和皇家城堡，同时也是波兰皇室的王公贵族居住的地方。

克拉科夫的守城军队决定不在城堡外派兵防守，因为在城堡外守城会造成重大的人员伤亡。就这样，一连几天，城里没有逃走的人们以及从全国各地赶来的难民都拥进城堡，在城堡之内安顿了下来。圣安德鲁教堂对面，海威城堡的老城门终于关上并封锁起来了，由市民组成的自卫军在城墙上严阵以待，准备誓死保卫这座城市，保护他们的家人。

夜晚，鞑靼兵对克拉科夫城发动了袭击。他们烧毁了外围的村庄，然后将周围几个教区劫掠一空。整个夜晚，可怕的声音不绝于耳——熊熊烈火的噼啪声、鞑靼兵发现有人逃跑时愤怒的咆哮声、鞑靼兵发现金银财宝时狂喜的欢呼声。黎明来临之时，瓦维尔城堡上站岗的哨兵向远处眺望，看到整座城市已是一片火海，只有三座教堂幸免于难：一座是位于大市场附近的圣母玛利亚教堂，一座是位于城堡门口、有坚固塔楼的圣安德鲁教堂，还有一座是位于市场内的阿达尔贝特教堂。犹太人聚集的布莱克村已经不复存在了，那些没能躲进城墙内的难民跟本地市民全都被杀死了。只剩下一个人——确切地说，是一个年轻人——在这场大屠杀中活了下来。

他就是圣母玛利亚教堂的吹号手。他曾经庄严地宣誓，每隔一小时就要在教堂正面高高的小阳台上吹响小号，不分昼夜。清晨，当第一缕阳光照在维斯瓦河上，将它从一条黑色的带子变成一条活泼跳荡的金色带子之时，他就会登上那个小阳台，吹响《海那圣歌》——这首曲子是歌颂圣母玛利亚的。教堂的每一位吹号手都曾经宣誓，每隔一小时吹奏一次，不分昼夜，至死不渝。

那天早上，当阳光洒在他身上时，他感到一阵莫名的喜悦，头天晚上是多么黑暗啊，这种黑暗一方面源于黑夜本身，另一方面源于人类的冷酷无情。

在他脚下的城市公路上，一群群身材矮小、强悍凶残的鞑靼兵站在那里，正满脸好奇地抬头盯着他。周围房子的屋顶被烈焰掀起，喷出一团团黑烟。成百上千幢房屋被大火烧焦，变成废墟。他孤身一人置身于恐怖的敌军之中——他本来可以在前一天逃之夭夭，与难民和本地市民一起进入城堡，但他信守自己的誓言，坚守在自己的岗位上，直到生命的最后一刻。现在，他已经没有退路了。

这位吹号手非常年轻，大概只有十九岁，或者二十岁。他穿着一件长款的深色粗布套服，膝盖处用搭扣扣着，样式很像后来流行的连体灯笼裤，厚厚的深色紧身裤从膝盖一直延伸到柔软的尖头浅帮鞋面上。一件及腰的短外套在身前用腰带束紧。他的帽子是皮革做的，就像蒙着头的斗篷上的防风帽。帽子一直垂到肩膀上，帽子裹住了头部，只能看见他的脸和少量的头发。

"至少妈妈和姐姐安全了，"他心里这样想着，"她们两个十天前就出发了，现在一定已经和摩拉维亚的亲戚待在一起了。"

此时此刻，他突然觉得生活是如此美好。维斯瓦河上空的太阳映照在瓦维尔教堂的窗户上。他看到城楼上的卫兵全副武装，盔甲在阳光下闪闪发亮。一面绘着白鹰的旗帜飘扬在城门上方。

"波兰永垂不朽！"他心里这样祈祷着。

虽然年纪轻轻，但那时的他突然意识到自己很想成为光荣的波兰士兵，为了祖国和人民，与野蛮凶残的侵略者做斗争。在此之前，他并没有见过死亡，只是隐约听别人说过而已。而现在，为了信守自己的誓言，为了这座他热爱的教堂，为了他热爱的波兰，他自己就要迎接死亡了。

"我要坚守誓言，"他想，"即便为之付出生命，也在所不惜，因为我的誓言跟我的生命一样重要。"

假如有画家能够捕捉到他当时的面部表情，那么能捕捉到的只是一副极为平和的表情。他没有表现出一丝懦弱，也没有表现出丝毫的犹豫，甚至没有表现出丝毫的痛苦——因为他完全没有考虑自己履行职责吹响小号后会有什么后果。计时沙漏里的沙子已经在提醒他：时间到了，该吹响小号了。

"现在，我要吹响《海那圣歌》，献给波兰，献给圣母玛利亚。"他一边说，一边将小号凑到唇边。

一开始，他只是轻轻地吹。随后，他心里激荡起一种胜利的感觉，一种近乎疯狂的快乐涌上心头。他似乎看见了一幕场景：他孤独地死去，只是为了坚守那份嘲笑他的人认为愚蠢可笑的荣誉。尽管如此，这种勇敢将成为一个民族的遗产，传承给波兰人民，会给予波兰人民精神力量，成就波兰人民的无畏勇气，赋予波兰人民无穷无尽的力量——这便是这一刻的意义所在。

教堂下面，一个鞑靼兵俯身拿着弓，用力把弓拉满后射出箭。弓弦发出嗖嗖之声，深色的箭仿佛一只迅猛的雄鹰，笔直奔着目标而去，瞬间射穿了年轻吹号手的胸膛。此时此刻，他吹奏的圣歌快要接近尾声。那支箭在他的胸膛颤了颤，圣歌停止了，但年轻的吹号手依然双手紧握小号，身体往后一倒，靠在墙上，吹响了最后一个荣耀的音符。最后的这个音符起音强劲，渐渐减弱，然后颤抖着结束了——恰如吹奏它的这个年轻人的生命一样。正在这时，教堂下面野蛮的鞑靼兵手持火把，将木质的教堂付之一炬。最后的音符随着年轻吹号手的灵魂一起在熊熊烈焰中升到天堂去了。

第一章
不肯卖南瓜的人

那是 1461 年 7 月下旬的一个早晨，红通通的太阳冉冉升起，仿佛要迎来盛夏最炎热的一天。阳光洒满克拉科夫古城，也照耀着一条条通向古城的道路。道路上出现一支长长的农民队伍，他们赶着四轮货车，一路颠簸而行。这些货车大多是由一匹马拉着的，马套在车头两侧两根粗木制成的车辕上。车轮是几块削成圆形后钉在一起的木板，边缘用火燎过，坚硬耐用。至于车身，只是用几块粗糙的横板组成了底板，两侧和前后都由柳条和芦苇编织而成。如此一来，从外表上看，这种四轮货车就像安装了轮子的大篮子。沿途经常坑坑洼洼、凹凸不平，有时要穿过田野，甚至跨越溪流，这些货车就像一条条小船，在被狂风席卷的海面上颠簸摇晃。

大多数时候，车夫都行走在货车的一侧，不时在马背上轻甩几下长鞭，给牲口鼓鼓劲，而妇女和孩子则平静地坐在车上。

货车上装载着各种各样的货物——有蔬菜、花卉、鸡鸭鹅猪，还有黄油和牛奶。有的车夫拉着一车兽皮，有的车夫只拉了一车黑土，用来给城市的花园施肥，除此之外，车上什么都没有。还有的车夫拉着一车家禽，它们的脖子上挂着好几串干蘑菇，看上去仿佛戴着很多用念珠穿成的项链。他们身后是延绵起伏的喀尔巴阡山脉，清晨的阳光给薄雾镀上一层闪闪的金光。远处蜿蜒的维斯瓦河犹如一只银手镯，环绕着瓦维尔山。空气中弥漫着湿润的青草、新鲜的泥土和农作物生长的清新气息。

到了集市的开市时间。一些货车在公路上彻夜不停地赶路，终于踏上了连接克拉科夫、塔尔诺夫、利沃夫、基辅等城市的交通要道。有的货车从遥远的边陲地区赶来，已经在路上走了两天两夜。集市上的人形形色色，有从城市来的衣着光鲜的男女，有身穿长衫、戴着圆帽的赤脚农民，有身穿粗布衣裳、裹着头巾、披着艳丽披肩的农妇，还有十二个来自犹太村庄的男人，他们身穿黑色长袍，头戴黑色帽子，耳前露出典型的黑色卷发。

出现在集市的还有当地贵族或乡绅的侍从，跟周围农夫褴褛的衣衫相比，他们身上穿的皮衣体面得多。集市上随处可见抱着婴儿的妇女，步履艰难、赶着货车的老人。在过去的三四十年里，他们都是这么过来的。

不过，车队里的人个个随身携带着武器，有人在腰带上别着一把短刀，有人手里拿着一根木棒，有人在货车车底藏着一把大板斧。因为流窜到集市上的盗贼太多了，甚至有传言说一些乡绅破财后无法东山再起，也会打这些赶集货车的主意，以此弥补自己的损失。不过，通常情况下，返程路上的盗贼更为猖獗，因为到那个时候，每个农民身上都揣着当天从集市上赚来的金币和银圆。

所有的货车都装载着货物，但有一辆货车看起来很奇怪，在这个赶集的日子里，车上空荡荡的。一般的货车通常由一匹马拉着，这辆车却由两匹马拉着，车辕比其他货车的更结实，车上人的穿着打扮也比普通农民讲究，怎么看也不像地地道道的庄稼人。车夫是一个约四十五岁的男人，他的妻子看上去大约比他年轻十岁，货车后端坐着个小男孩，他的两条腿悬空着，在泥泞不堪的公路上晃来晃去。

"老婆，"男人一边招呼坐在身边的妻子，一边挥起长鞭在右侧那匹马的马背上抽打了一下，"看见那座塔楼了吗？那就是克拉科夫瓦维尔山上的瞭望塔。咱们要是能像鹳一样展翅飞翔，8点钟就能赶到那里。瞧！远处就是圣母玛利亚教堂的两座塔楼。咱们已经在车上颠簸了三个星期，看到眼前这幅景象，我是真高兴啊。"

女人掀起灰色的风帽，把脸露了出来，满眼渴望地看着前方。"这么说，那儿就是克拉科夫，"女人说，"那是我妈妈的故乡，过去她经常跟我讲起这座城市光荣的历史，我还从来没有想过有一天能见到它。我多么希望自己以另一种心情跟它相见，而不是在内心这么痛苦的时候。不过，人的命天注定，我们总算到这里了。"

"是啊。"男人感叹道。

接下来很长一段时间里，他们一声不吭地继续赶路。男人默默回想着自己早年间在克拉科夫的经历，女人念念不忘在乌克兰失去的家园，小男孩则展开了天马行空的想象，憧憬着要在这座大城市中见到的一切。

一家三口各自沉浸在自己的思绪里。突然，他们身后的货车队伍中出现一阵骚乱，把他们的思绪拉回了现实。尽管道路很窄，车夫们还是勒住缰绳，将各自的马赶到道路的左侧，让出一条过人的通道。被打断思绪的男人回过头，想看清楚这个正从货车长队中挤过来的人是谁。不一会儿，他就看到有个人骑着一匹矮马冲过来。

"闪开，闪开！"骑马的人大声地喊，"你们这群土包子！真以为整条路都是你们家的吗？老老实实待在自家农场里别出来，那才是你们该待的地方！"他气势汹汹地朝其中一个赶车的农夫大喊大叫，因为那个农夫的马突然扬起前腿跳到了路中间。"别挡我的路！你就不该带这种乱跳乱窜的畜生上路！"

"它要是不往路中间跳的话，我就掉进沟里了。"农夫好声好气地答道。

骑马的人目光犀利地扫了一眼农夫货车上装的东西，确定车上除了要卖给砖窑的新鲜稻草之外，没有什么别的东西。接着，他赶着矮马继续往前冲，最后与拉着男人、女人跟小男孩一家三口的货车齐头并进。

小男孩一直好奇地看着离他们越来越近的这个人。男孩名叫约瑟夫·切尔涅茨基，今年十五岁，他的相貌谈不上帅气，不过也不能说难看。他黑头发黑眼睛，圆乎乎的脸蛋很是讨人喜欢。他的衣着比较讲究，只是在长途旅行中沾满了尘土。下身裤子的材质既不是有钱人爱穿的皮革，也不是农民穿的粗麻布，而是自家织的上等布料；上身穿的是一件同样材质的系扣厚外套，下摆跟裙子一样，差不多到膝盖的位置；脚上穿着一双棕色高筒皮靴，靴口柔软宽松，高度几乎跟外套的下摆齐平；头上戴着一顶圆圆的无檐帽。

骑马的人一看见小男孩，就用沙哑的声音大叫起来："小伙子，小伙子！快让你老爸停下，你过来给我牵马！"

小男孩听从他的命令，从车上跳下来。不过，在抓住骑手那匹马的缰绳时，他心里便明白了，这个陌生人并非善类。那个时候，整个世界还未摆脱黑暗与残酷，每个人都不得不时时刻刻提防着别人。盗匪横行，朋友之间彼此眼红、互相陷害，出身高贵、接受过良好教育的人则把欺诈穷苦农民视为儿戏，穷苦农民中也不乏为了钱财犯罪的人。要想生存下去，就要时刻警惕。

所以，约瑟夫从抓住缰绳的那一刻起，就已经意识到此人并非善类。或许是从这个陌生人的眼神中，或是他吼那几句话的语气中，约瑟夫看出了一些端倪。此人身上穿着那种侍从穿的厚布衣服。他身上的外套有些短，能看到里面穿的是轻薄锁子甲。他下身穿的不是灯笼裤，而是一件和紧身上衣合二为一的连体皮裤。他的头上戴着一顶圆帽，帽子上坠着一件十有八九用玻璃做的宝石装饰品，在他脖子后面晃来晃去。

然而，揭示他肮脏灵魂的却是那张脸。那是一张黑不溜秋、阴险邪恶的鸭蛋脸——一双细长眼透着贪婪，两条眉毛在鼻梁上方相连。他看起来不像个人，反倒像只猴子。他的一边脸上有一块纽扣状的伤疤，这种因感染过瘟疫而留下的疤痕在伏尔加河甚至第聂伯河以东地区很常见。有这种疤痕的通常是鞑靼人、哥萨克人或蒙古人。他双耳低垂，非常难看；嘴巴很大，酷似孩子们万圣节前夜在南瓜上刻出来的那种；嘴唇上方是两撇修剪整齐的八字胡，胡子左右两边向下跟稀疏的络腮胡子连在了一起。此外，此人腰间别着一把弯刃短剑，外套里还露出一截镶满珠宝的刀柄，那是一把东方匕首。

约瑟夫刚接过缰绳，那个骑手就纵身跳下马，一步就跳到了货车前。约瑟夫的爸爸迅速伸出手，从座位底下取出一把十字柄短剑。

"别过来！"看到那个骑手伸出两只手，仿佛要跟自己握手，约瑟夫爸爸大声喊道："我不认识你，但是我倒要看看，你想干什么。"

骑手停下了脚步，微笑地看着那把随时准备出鞘的短剑，笑容里突然生出了几分敬重。接着，他摘下帽子鞠了一躬，说道："我想，您就是安德鲁·切尔涅茨基吧？"

"你冒昧了，"车夫回答说，"第一次见面，你应该称我为安德鲁·切尔涅茨基先生。"

骑手又鞠了一躬。"我是以平等的口吻跟您说话的，"他说道，"我叫斯特凡·奥斯特洛夫斯基，海乌姆人，在基辅为国家效力，现在我就是从那边回来的。众所周知，有一个莫斯科人跟我们立陶宛的几个省有要事往来，我就是受命——至于受谁的命就不方便透露

了——前往了解……"他突然打住，仿佛故意要让大家
觉得他此番任务事关重要，不便在公众场合谈论似的。
"可是，这一路上我听说有一伙鞑靼兵从北方流窜过来，
到处烧杀抢掠。他们烧毁了大量房屋，破坏了大量田
产，其中就有安德鲁·切尔涅茨基的房屋田产——不不
不，请见谅——应该称你安德鲁·切尔涅茨基先生。听
人说，他已经带着妻子和儿子逃往克拉科夫城投奔那里
的朋友。假如这个消息属实，我正好同路，于是我便打
听了切尔涅茨基先生跟他家人的相貌。今天早上我看到
一辆乌克兰特有的两匹马拉的货车，车上一家三口的长
相也和别人向我描述的一模一样，我便确定无疑了，于
是不请自来地追着问候你们。"

切尔涅茨基先生细细地端详着眼前这个陌生人的面
容、穿着以及身材。"你的话只说了一半，还有一半没
说吧？"他说。

"的确，"骑手回答道，"但剩下的一半，可能需要
等到我们到达克拉科夫城，关上厚厚的门之后再慢慢聊

了。我听说……"他拖长声音，一边用两只手在空中比画了一个圆圈，一边意味深长地说。

切尔涅茨基注视着这个人，半眯着眼睛，让自己集中注意力，以免受到外界的干扰。然而，他也只是外表看上去平和、淡定，内心却无法冷静、沉着。事实上，看到眼前这个陌生人比画的圆圈之后，他的心就"扑通扑通"地撞击着胸腔。切尔涅茨基知道，这个人刚才说的几乎没有一句实话，他也不姓奥斯特洛夫斯基，尽管海乌姆确实有姓奥斯特洛夫斯基的人家，但波兰人不可能长他那个样子。而且，他说最后几句话的时候，语气中带着一种威胁的味道。切尔涅茨基意识到这绝非一次偶遇，他们离开边境已经不止十四天了，据他推测，这个人应该是一路跟踪他们过来的，很可能受了某个大人物的指使，要赶在进城之前把他们截住。

"不管你听说了什么，都跟我没有任何关系，"切尔涅茨基不耐烦地回答道，"现在，我已经被队伍远远甩在了后面，能否请你回到你自己的马背上？我没有什么话可跟你说，对你这个人我也根本不感兴趣。"

切尔涅茨基说得没错，前面的货车已经走远了，被他们堵在后面的那些车夫正怒气冲冲地朝他大声嚷嚷。

"与你恰恰相反，"骑手回答道，"你有一样我非常感兴趣的东西。除非我们到达城里某处安全的地方，否则我是不会离开你的。过来，小伙子，"他朝约瑟夫大声喊道，"牵着我的马，跟在你家马车后面，因为接下来这段路我要骑着马跟你们一起走。"

听到这话，切尔涅茨基先生气得脸颊通红。"你简直太放肆了，"他火冒三丈地说，"有话快说，说完快走！"

骑手扫了一眼马车，看见车夫座位前面的木质脚踏板上放着一个黄灿灿的大南瓜。"哈哈，"他说，"一个南瓜？这个时节还有南瓜？大草原上的人原本是在冬天种南瓜的吧。这南瓜怎么卖？"

"不卖。"切尔涅茨基回答。

"不卖吗？"

"我说了不卖。"

"要是我用跟南瓜一样重的金子来买呢?"

"那也不卖。"

"当真不卖?"

"我已经跟你说过了,不卖。"

"既然这样——"骑手一边说,一边迅速从腰上拔出短剑,逼近切尔涅茨基先生,"那就接招吧!"

切尔涅茨基没有丝毫迟疑。眨眼之间,他双手一撑从座位上闪过,躲开了刺向自己的剑锋,并用右手死死拽住了对方的右手腕。只听见"哐当"一声,对方的短剑应声落地。然而,切尔涅茨基并没有松手,而是出其不意地用左手抓住骑手的小腿,双腿用力一蹬,双臂猛地一挺,将他高高举起,从马车上扔了出去。骑手狠狠地跌入泥泞中,恼羞成怒地骂着恶毒的脏话,狠狠地诅咒切尔涅茨基。就在这时,约瑟夫凭着令人钦佩的先见之明,瞅准时机突然掉转马头,抬起脚朝马的右屁股狠狠一端。马扬起前腿腾空而起,向着马车行进的反方向飞奔而去。与此同时，约瑟夫迅速跳上马车，朝已经坐回座位上的爸爸大喊一声，对着马头一挥长鞭。转眼的工夫，他们就不见了，空留骑手站在公路中间，东瞅瞅，西望望，看样子他不知道该去追自己的马，还是去追敌人。切尔涅茨基转过身，捡起骑手掉落在马车踏板上的短剑，猛地扔到了路上。

　　一段时间过后，他们就到了卡齐米日城——一座一百多年前由卡齐米日国王建立的犹太城市。穿过这座城，再跨过一座横穿维斯瓦河的桥，就是克拉科夫城了。可惜这座桥正在维修，无奈之下，他们只能选择北边的另一座桥。过桥之后，他们来到了壁垒森严的米科莱斯卡城门前。在城门口，他们接受了守城士兵的盘问。

第二章

克拉科夫城

"鄙人姓切尔涅茨基，这是我的妻子和儿子。"切尔
涅茨基先生对着一个身穿轻薄盔甲、手持战戟的卫兵介
绍着自己和家人。

卫兵快速朝他们扫了一眼，点点头，示意他们可
以进城。另一个身穿黑衣的卫兵朝马车里面瞧了瞧，并
没发现什么东西，断定他们只是来城里赶集买东西的农
民，就按照惯例收了几个铁币的税钱。交完钱后，切尔
涅茨基一家便通过米科莱斯卡城门，继续朝着古老的纺
织会馆驶去。时至今日，这座古老的纺织会馆还矗立在
克拉科夫城的市中心。

金色的阳光洒遍克拉科夫城。约瑟夫还是头一次见到这样的大城市。他左顾右盼，眼前的一切让他惊讶得张大了嘴巴。

他们周围都是从乡下进城的马车，车队排成了一条笔直的长龙，车上满载着农产品。时不时有威风凛凛的骑兵从长龙中穿过，他们身上穿着贵金属般闪亮的金刚护甲，长长的佩剑垂在马鞍的一侧。在这些拨开人群、正好走在他们马车前面的骑兵当中，有一位衣着尤其华丽。约瑟夫心想，这个人一定出身非常高贵，说不定就是国王呢，那位热爱和平的国王叫卡齐米日·雅盖隆——卡齐米日四世，于是他兴奋地大声叫起来：

"这个人一定是国王吧，爸爸。你看他身穿金光闪闪的铠甲，马鞍上还镶着宝石呢。他那把宝剑也犹如火苗一般亮闪闪的，肯定是金子做的。快看，"他迫不及待地用手指着，"他马鞍下面的鞍布上用银线绣着波兰的老鹰，还绣着立陶宛的白衣骑士呢。他肯定是国王吧？"

"不是的，儿子，他不是国王。他只不过是在皇家城堡里侍奉贵族的一个普通士兵罢了。"

灿烂的阳光中，他们一家被四周的宫殿、教堂、塔楼、城墙与其他哥特式建筑包围着。不过大部分建筑都很简朴。而仅仅几年之后，它们将在意大利文艺复兴的影响下改头换面，装饰上各式各样的精美雕像。远处，瓦维尔山上的大教堂耸立在蓝色的天空下，罗马风格的塔楼高耸入云，俯瞰着整座城市。近在眼前的两座塔楼属于圣母玛利亚教堂，矗立在墓地之上，白色墓碑簇拥在教堂脚下。当初这座教堂既没有这两座塔楼，也没有塔顶。后来由于建筑大师兼著名雕塑家威特·斯特沃兹的改建，教堂才呈现出我们如今看到的样子。

雄伟的纺织会馆坐落在市场的正中央，周围环绕着一圈小型木质建筑。这里是专门做布匹生意的地方，此时已经挤满了布商，他们彻夜奔波，也可能一连奔波了好几个日夜，只为了在赶集日尽早把货卖出去，以免自己来得晚，买家已经把钱花到别人家去了。

　　在纺织会馆外面的广场上，许多从遥远的东边赶来的鞑靼人已经在那里安营扎寨，开始兜售上好的佩剑、布匹和珠宝。这些东西都是从莫斯科人、保加利亚人、希腊人或者在大草原上生活的游牧民族手里抢来的。当初升的太阳慢慢爬上瓦维尔山时，他们面朝东方，开始吟诵晨祷词。他们的吟诵声跟圣母玛利亚教堂的钟声混合在一起，还夹杂着单调而有节奏的祷告声，祷告声来自从黑海边的特拉布宗港及周边地区来到这里的亚美尼亚商人，他们贩卖的是地毯、香料和华丽精美的小毛毡。

　　此时此刻，在这个融合着东西方文化的国际大都市里，世人所知的每一位神明都受到了崇拜。这里有土耳其人、哥萨克人、鲁塞尼亚人、德国人、佛拉芒人、捷克人和斯洛伐克人，他们把各种物品带到这里售卖。匈牙利人则带来了产自气候温和的特兰西瓦尼亚平原的醇香美酒。

　　集市上流通的货币也多种多样。有兹罗提、荷兰盾、格罗申、银条、宝石，以及大量"代币"，"代币"就是某些品种的商品，比如琥珀、成袋的大枣，甚至是装在箱子里的蔬菜，每一样都在汉萨同盟的所有商路上有公认的特定价值。在这里做生意的也有汉萨同盟的商人——那些穿着毛领长袍的德国富商或者荷兰富商，可以用任何一种语言跟人做生意。

约瑟夫陶醉在四周美不胜收的景色之中。这时，突然从他头顶上飘下一阵美妙动听的小号声。他立刻抬起头，看见圣母玛利亚教堂塔楼的一扇窗户里伸出来一支金色小号的喇叭口。他仰头之时，威严而气派的教堂一下子展现在他眼前，散发出一种安静却充满力量的气势，令人肃然起敬。眼前的景象与耳畔的小号声融为一体，给他带来了奇妙的视听体验。

车水马龙的街道上矗立着两座高高的塔楼。约瑟夫这会儿才注意到，两座塔楼高矮不一。离自己更近的这座塔楼似乎比稍远处的那座稍微矮一些、敦实一些。吹号手在稍远处更高的那座塔楼上吹奏小号。

　　吹号手吹奏的是一首简短的晨祷曲，名叫《海那圣歌》，据说这首曲子是由一群来自南方的传教士传到波兰的。旋律简单动听，非常具有感染力。然而，吹号手在乐曲的某个地方戛然而止，给人一种意犹未尽的感觉，仿佛有人突然从吹号手手里把小号抢走了似的。

　　约瑟夫惊讶地转头问爸爸："他怎么不吹完呢？"

　　爸爸微笑着说："这个说起来话就长了，儿子，我以后再告诉你吧。"

　　小号声再次响起，这次是从另一个窗口传来的，紧接着来自更远的窗口，最后是从朝北的弗洛里安城门的方向传来的。吹号手总共吹奏了四遍《海那圣歌》，但每一遍都以休止符结尾。

　　"他吹得真不怎么样。"切尔涅茨基先生补充了一句。

　　虽说切尔涅茨基先生现在只是一个乡绅，但他多才多艺。从克拉科夫大学毕业以后，他决定不继续深造自己所学的任何一项技艺，而是按照家族传统回到家乡管理家中产业。他一直保持对音乐的热爱——音乐是他在大学期间主修的专业，而且他很擅长演奏铜管乐器，直管小号、圆管小号、带按键的小号，他都吹得好。所以，他说塔楼上的吹号手吹得蹩脚时，并不是随口乱说的。

马车离纺织会馆越来越近，约瑟夫也不再缠着爸爸问《海那圣歌》的事了，因为他已经被眼前各种奇妙的景象深深吸引了。

此刻，一群身穿艳丽长袍的商人映入他的眼帘。他们一定是有钱人，因为他们的长袍都是上等布料做的，有些还有毛皮里子和各种丝绸镶边。他们在长袍下面穿着布质紧身衣服。约瑟夫看见其中一个人左右裤腿的颜色竟然不一样，这在一个男孩子眼里简直滑稽可笑。不过，当他发现其他很多人都穿着同样的裤子时，便忍住了笑，开始好奇起来。这个还来不及弄明白，他的注意力又被更多奇特的服装打扮吸引去了。跟那些独特的紧身裤一样，他们的帽子和头巾也与众不同。他们头上都裹着头巾，有的把头巾弄个尖顶，有的只是把花里胡哨的布料随意缠绕，高高地堆在头顶。他们头上还戴着奇形怪状的装饰品。其中一个人的帽子顶上甚至高高地站着一只毛绒公鸡，鸡腿、鸡冠等样样齐全。这群商人脚上穿的皮鞋也很奇怪，大部分是软皮浅帮鞋，长长的鞋尖还向上翘着。还有一个人在鞋子的脚趾部位插入条状物，让他的鞋看起来至少有两英尺① 长。

　　纺织会馆周围的货摊上摆满了各种各样的商品，小贩们大声吆喝叫卖着。一个谷物摊上摆放着敞口的麻袋，里面装着各种颜色的谷子。一个女人身穿有肩扣的蓝色长袍，头上灵巧地缠着一块蓝布当帽子，她正在向一位路过的音乐家售卖玉米粒。这位音乐家穿着一件由整块布做成的带风帽的黄色连体长袍，袍子的下摆垂到膝盖处，膝盖以下光腿光脚，长袍腰部系着一根亮黄色的腰带。他一只胳膊底下夹着一支风笛，风笛上伸出三根管子，其中两根是用来演奏音乐的（如果那也称得上

---

① 英美制长度单位。1 英尺 ≈ 0.305 米。

是音乐的话），剩下的一根是吹管。而他另一只手拿着一个皮袋子，女摊主正在往里面倒玉米粒。

切尔涅茨基一家架着马车继续往前赶路。他们路过做手套生意的各种货摊和店铺，那里的女人无论是做手套的还是买卖手套的，全都穿着颜色艳丽的衣服；他们路过针匠铺，看见店主身穿皮围裙，正慵懒、惬意地躺在长椅上；他们路过铸剑铺，看见干净整齐的锻造炉和一排排闪闪发光的钢刃；他们路过木桶铺，看见工匠正用木板组装木桶；他们路过铁匠铺，看见铁匠们身穿黑色长围裙，正牵着马匹前去钉马掌。这里随处可见代表理发店和郎中馆的红色招牌，代表药店的蓝色、绿色大玻璃瓶也随处可见。虔诚的信徒在商店外墙悬挂着从神庙请来的圣母画像或徽章。为了彰显自己的与众不同，几乎每户商家都会在店门上方做个别出心裁的招牌。比如，一家帽子铺挂着"白象之下"的招牌。一家鞋铺则在门口立着一尊卡齐米日大帝（即卡齐米日三世）的石雕头像，以表达自己与往来顾客对先王的崇敬之情。在那个年代，公共建筑还没开始使用门牌号，人们通常靠挂在门上或摆在门口的这类标志物来区分每一家店铺。

大街上到处都能听见商贩的吆喝声，他们有的喊，有的唱，卖力地招揽生意；其中有卖花女、磨刀匠、面包店的小伙子，还有屠夫的徒弟。

"过来瞧一瞧，看一看。"同样的叫卖声此起彼伏、重复不止，"您想买点什么呢？您想买点什么呢？"

偶尔还能见到猴子，这可让约瑟夫惊喜不已。这些猴子都是那些从东边或南边来的商人带来的。有一只猴子绕着货摊玩耍。还有一只猴子身上系满了丝带，被一个商人妻子或是市长夫人模样的女士抱在怀里。

在集市的一片嘈杂声中，偶尔还能听见铁链相互撞击发出的声音，那是可怜的人要被押送到教堂做判刑前的最后一次祷告。随后，他们当中有的要被锁在教堂墙壁的铁枷上，有的要戴上颈手枷，有的甚至可能要接受更糟糕的命运。在那个年代，人们都过着提心吊胆的生活，犯下一点轻罪就会被砍头，或者被流放，或者被关进恐怖的监狱。

现在，约瑟夫一家驾着马车从一群去朝圣的信徒旁边驶过，他们当中有男有女，都是从各个村庄赶来的，全都穿着自己最体面的衣服。牧师走在队伍最前面，带领着整个队伍吟唱圣歌，朝圣地进发。背十字架的那个年轻人肩膀宽厚，眼睛明亮。他一定是个大力士，因为他发誓要将圣像从家乡一直护送到琴斯托霍瓦神庙，那可是一段很长的路。这支朝圣的队伍已经在路上走了大约十天。队伍中也有小孩子，有些正表情严肃地想着正经事，有些满脸好奇，尽情地饱览眼前的一切，毕竟这是他们头一回见识中世纪克拉科夫城的宏伟与壮观，他们心里一定在默默地祈求宽恕，因为虽然身在朝圣路上，他们的心却贪恋着尘世的浮华。

马车驶出集市后拐进城堡街，直接朝瓦维尔山驶去。临近瓦维尔山的时候，切尔涅茨基先生赶着两匹马往右拐，穿过城门，来到一条长满青草的小路，小路前方矗立着一座布局凌乱的宅邸。切尔涅茨基先生将马车停靠在路边，自己从车上一跃而下，来到宅邸的两扇大铁门前。一个全副武装的卫兵在门口用长矛挡住了他的路，表情很不友善。

"你来这里干什么？"卫兵厉声问道。

"我要见安德鲁·滕辛斯基先生。"

卫兵大声喊了一声，随即，铁门旁边的小屋里跑出来五个身穿盔甲的卫兵。

"包围他！"卫兵一声令下。被团团围住的切尔涅茨基先生非常震惊。"你们派个人到屋里去通报队长，"卫兵下了第二道命令，"就说这儿来了一个乡下人，要见安德鲁·滕辛斯基先生。"

切尔涅茨基先生想冲出这几个卫兵的包围圈，但被其中一个卫兵推回了中间。见状，他气得提高嗓门大声喊道：

"你们是什么东西，竟敢阻拦我？本人安德鲁·切尔涅茨基，是滕辛斯基的堂兄。我在乌克兰好歹也是一庄之主。我要求你们找个说了算的人出来见我，不要把我当作你们的敌人。"

这些卫兵一脸震惊，面面相觑。眼前的这个人或许还毫不知情，可是那件事明明已经传遍大半个波兰了啊。

不一会儿，卫兵队长和去通报的士兵一同回来了。卫兵队长推开围在四周的卫兵，径直走到切尔涅茨基先生的面前。

"请问您到此地有何贵干呢?"他问话的语气透露着亲切与谦恭，一时间切尔涅茨基先生忘记了自己的气愤。

"你说话就文明多了，年轻人，"安德鲁回答道，"我想你应该就是这里管事的吧?"

"正是在下。"

"那我把刚才对你手下说的话再重复一遍，本人安德鲁·切尔涅茨基，从乌克兰到这里找我的堂弟安德鲁·滕辛斯基先生，有要事相谈。"

"您来得太晚了，"卫兵队长回答说，"真是奇怪，您竟然没有听说，可是这件事情已经传遍全国了。安德鲁·滕辛斯基先生已经不在人世了。他的家人离开这里也已经有一段时间了，他们什么时候回来我就不知道了。我奉命行事，保护这里的产业不被敌对家族破坏。"

切尔涅茨基先生心里一怔。"我堂弟死了？怎么死的？"

"这是这么多年来克拉科夫城发生的最惨的一件事。长期以来，工匠跟贵族之间水火不容。这件惨案的起因是，滕辛斯基先生对铁匠替他打造的某件盔甲不满意，他不但严厉训斥了那个铁匠，而且拒绝付钱。于是整个行会联合起来反抗他。他们四处追捕他，最后在他藏身的方济各会教堂将他杀害。这件事真是悲惨至极，令人痛心。他的家人由于害怕被暴徒攻击，已经逃出城了。慈悲的伊丽莎白女王痛恨可能导致流血的一切冲突，劝说我们的国王在市民与贵族之间斡旋，寻求和解。于是国王派我们驻守此地，以免再次发生流血事件，因为很多人想来洗劫此地或者将留守在此的仆人赶尽杀绝。我们不过是在执行命令，阻拦任何想进入这里的人。请您原谅，因为我们只是为了避免流血事件再次发生。"

那一刻，切尔涅茨基先生感觉天都要塌下来了。

"请允许我给您提个建议。"卫兵队长继续说道。

"我洗耳恭听。"安德鲁心事重重地说。

"如果您跟滕辛斯基家族存在任何血缘关系，最好马上离开克拉科夫城，越快越好。如果您非要留在城里，那就得改名换姓，改掉您说话的方式，以免有刺客为了其背后势力的利益而盯上您，您无端惹来杀身之祸……我个人是欢迎您来到这里的，愿以平等的身份对您以礼相待。不过，为了您自身的安全着想，我还是建议您尽快离开。"

"可是……我必须留在这里。我在乌克兰的家被一群强盗洗劫一空，房屋被烧毁，一块石头也没有留下。我不知道他们究竟是什么人，但我觉得他们肯定是被某个位高权重的大人物收买了。连我的田庄都被毁掉了。我来这里就是为了投奔亲戚，还要告诉他们一件非常机密的事情，而且这件事必须尽快上奏给国王陛下。"

"唉，"卫兵队长回答说，"恕我爱莫能助。国王此刻正在托伦，据说那里有人在密谋反抗十字军骑士的军令。国王要在那里不惜一切代价保卫北方的和平。我不清楚国王什么时候才能回来，也许一个月，也许一年。如果您一定要在这里等他，如果我是您，我会先在城里找个地方落脚，而且改名换姓。过不了多久，那些对滕辛斯基家族痛下杀手的暴徒必将得到应有的报应，他们会被送上绞刑架，引来无数乌鸦啃食他们的尸体。"

说完这些话，他就转过身去，吩咐卫兵们回到各自的岗位上继续站岗。

切尔涅茨基先生却一动不动、直愣愣地站在原地好一会儿。他的脑袋乱哄哄的，可以保护他的亲人死了！国王又远在外地！自己千里迢迢逃亡到这里，结果却发现处境比待在乌克兰好不了多少。现在他已经四面楚歌了。他不知道自己到底造了什么孽，竟落得如此悲惨的下场！而且，就算没有遇到这件事，他们的处境也已经很糟糕了。在这座偌大的城市里，他一个朋友也没有。他身上的钱所剩无几，因为他之前所有的积蓄年复一年地投入在乌克兰的房产跟地产上了。眼下他需要给妻子和儿子找个地方安顿下来。而且，不仅生计窘迫，他还随时面临着生命危险。他身后的城门口就冒出来一个仇敌——显然，城里的敌人还有很多。怎么办？唉，听天由命吧……总会有办法的。

他垂头丧气地重新上了马车，掉转车头，往回朝集市走去。至少他们可以在那里消磨一天，给马弄点水喝，买点吃的。他在一个喷泉附近找了个地方，在儿子的帮助下给马卸下车辕，让它们啃食长在集市边的矮草，并从喷泉里打了几桶水给它们喝。

直到这时，他才回到妻子身边，希望能得到一些慰藉、一点意见。在这种不如意的时候，妻子总是能给他安慰。他上了马车，躺在妻子身边，把自己刚刚得知的事情告诉她：国王不在，堂弟死了。面对新的困难，有那么一瞬间，妻子心里也涌起一阵恐惧。不过，看到丈夫脸上的表情时，她便忘记了自己的恐惧。她轻轻地回答道："咱们耐心等着就好，因为上帝会保佑咱们的。"听到妻子的话，他心里又充满了勇气。

不过，约瑟夫正处在一个没有烦恼的年龄段。从今天一大早看到城里的塔楼赫然出现在他们面前的那一刻起，他那颗激动的心就一直狂跳不止，两条腿迫不及待要从马车上跳下去，好好把这座城市探索一番。于是他先来了个短途旅行，来到了附近的一座小型建筑物跟前。乍一看，他以为那是个市场的店铺，走近时，才发现原来是一座低穹顶、圆侧窗的教堂。

尽管这座教堂能激起那些历史爱好者的浓厚兴趣——因为它是波兰最古老的教堂之一，但这个小男孩对此并没有什么兴致。相反，他仔细打量起教堂门口的乞丐来：其中有一个只剩一条腿的小男孩，一个驼背的女人，一个双目失明、不停祈祷的老人，还有其他许多可怜的乞讨者。约瑟夫在胸前画了个十字，小声地为这些无助的子民祈祷，随后他转身沿着城堡街快步朝瓦维尔方向走去。

他来到一个十字巷口。左边通向多明尼克教堂，右边通向万圣教堂。突然，他看到街上有一个鞑靼男孩牵着一条乌克兰大狼狗，还不停地抽打着它。狼狗身上系着一根皮带，脖子上套着一个结实的手工制作的项圈。它不时地回头看一眼正挥舞着哥萨克短鞭抽打它的人。约瑟夫惊讶地看着这个小男孩，搞不懂他为什么会牵着这条狼狗，又为什么要抽打它。事实上，这个孩子完全出于恶意，可是在约瑟夫心里，这两个问题都找不到满意的答案。然而，仅仅过了几分钟，另一个需要用实际行动解决的问题如闪电般出现，而这个实际行动约瑟夫有能力实现。

就在这个男孩牵着狼狗走过教堂巷子的时候，远处的人行道上走来一个人。他全身黑色打扮，像个牧师，但衣领前面有开口，这一点又不像是牧师的穿着打扮。不过，一开始这个人并没有引起约瑟夫的注意，真正吸引他注意力的是他身边的同伴。那是一个跟约瑟夫年纪差不多的小姑娘，她跟在这个黑衣男子身边，还时不时拉一下他的手。

约瑟夫眼里再也没有狼狗了。他目不转睛地盯着这个小姑娘。在他眼里，她就像圣诞剧中的天使，或是三王节里的精灵。说不定她真的是从教堂里奇妙的五彩玻璃窗画里走下来的美丽天使呢。她的头发是浅色的，而约瑟夫的头发是深色的。她的皮肤如最好的亚麻般白皙，眼睛如维斯瓦河上的天空般蔚蓝。她穿着一件斗篷样式的红色外套，从肩膀一直垂到脚踝，腰上系着腰带。外套上装饰着蓝色刺绣，领口和袖口滚着蕾丝花边。外套前面的左襟跟右襟没有完全扣住，露出了里面穿的蓝色罩裙，罩裙的褶皱下摆甚至露在外套下面。小姑娘抬起头的那一刻，约瑟夫这个乡下小子觉得自己见到了世界上最漂亮的女孩子。她脚步轻盈地向前走，优雅得如同在云端漫步。随即，他低头看了看自己的两只手，脏脏的、又硬又糙，积满污垢。他又看了看自己的衣服，经过长时间的旅行，衣服上满是灰尘，破旧不堪。

如果说他见到小姑娘的那一瞬间仿佛上了天堂，那么随后他很快就被打回了人间。牵着狼狗的鞑靼男孩跟领着小姑娘的黑衣男子离得越来越近。突然，狼狗发疯似的不顾一切向抽打它的男孩狂吠，甚至蹲下身子准备猛扑上去。约瑟夫大喊一声，几乎就在狼狗跳起来的那一瞬间冲了过去。鞑靼男孩吓得一下子扔下皮鞭，朝狼狗咬不到的地方奔去。可是，他这一跑，正好把黑衣男子和小姑娘留在路上。狼狗怀着满腔的怒火，再次跳了起来。要不是约瑟夫跳起来紧紧抓住了它脖子上沉重的项圈，狼狗就要扑在小姑娘身上了，因为她碰巧走在外侧。

约瑟夫在乌克兰跟狗打过很多次交道。他知道，健康且没人招惹的狗是不会咬人的。所以，即便自己抓住了狗的项圈，他也压根没觉得害怕。不过狼狗有可能把他当成用鞭子抽打自己的小男孩，狠狠地咬上一口。

他用手牢牢地抓住了狼狗的项圈，紧接着整个身子迅猛地扑过去，犹如划过夜空的焰火尾巴，重重地压在正要跳起来的狼狗身上。狼狗在这突如其来的意外撞击下无法袭击目标，小姑娘吓得一边尖叫一边往后退去。而约瑟夫跟这条愤怒的狼狗在坚硬的路面上混乱地纠缠在一起，来回翻滚着。他努力想要用语言安抚它，可是狼狗却变得越来越害怕。不过，在约瑟夫顺利地抓牢狼狗项圈的那一刻起，他就知道自己安全了，因为他可以成功地躲开狼狗的尖牙利爪。所以，他看准时机之后，迅速松开了狼狗的项圈，从地上爬了起来。而狼狗满身灰尘，大概是觉得难为情，闪电一般迅速朝着方济各会教堂的方向跑走了。

第三章
炼金术士

这时，一只大手友好地拍了拍约瑟夫的肩膀，一个亲吻轻轻地落在他的脸颊上。

他先扫了一眼自己身上比之前更破更脏的衣服，随即抬起头，看见拍自己肩膀的是那个黑衣男子，亲吻自己脸颊的是那个小姑娘。只见她双颊绯红，两只眼睛炯炯有神，嘴唇离他的脸很近。因为刚才在地上与狼狗的一番激烈搏斗，他的脑子因震惊而有些晕晕乎乎。不过，此刻因为男子轻轻地一拍和小姑娘轻轻地一吻，他开心得不能自已。

于是他往后退了一步，掸了掸身上的尘土，接着心满意足地盯着黑衣男子和小姑娘。

目光交汇的一刹那，他害羞得脸颊都泛红了。因为黑衣男子眼里的感激之情如汹涌的波涛，几乎要热泪盈眶，小姑娘则目光闪耀，钦佩之情溢于言表。

"你动作真快啊，"她激动地惊叫起来，"我要是能像你一样跳得那么快该多好啊。你真勇敢！"

约瑟夫一时间不知该说什么。一个十五岁的男孩子，即便人生经验相当丰富，面对如此直接的赞美，还是会不知所措的。

再说，黑衣男子没等他回答就开口夸赞道："了不起，真了不起！我从来没见过如此敏捷的身手。"然后他眨了眨眼，仿佛被刺眼的阳光晃到了似的，随即补充了一句："甚至连想都没想过能见到。"

"这没什么，"约瑟夫结结巴巴地说，"在乌克兰的时候我经常跟狗打架，把狗赶跑。"话音刚落，他又觉得这样说好像有自我吹嘘之嫌，于是补充说道："在我们乡下，很多像我这么大的男孩子都会这样做。"

"你是从乌克兰过来的?"黑衣男子饶有兴致地看着他问,"那你怎么会背井离乡,大老远跑到这里来呢?"

"我们家的房子被人烧了,不知道是鞑靼人还是哥萨克人干的。我们赶着马车,走了两个多星期,今天才到达这里。结果发现我们在这里还是无依无靠。本来我爸爸在这里有个亲戚的,可是当家的已经死了,家里的其他人也都搬走了。"

"你的家人现在在哪里?"

"在集市上呢。"

"哦,"黑衣男子喃喃道,"无家可归,流落集市。他们该怎么办呢?"

约瑟夫摇了摇头。"我觉得我爸爸会找到住处的,"他开口,"他原本想——"他犹豫了。因为爸妈之前叮嘱过他,永远不要在陌生人面前提起自家的不幸遭遇,尽管眼前盯着自己的这个小姑娘目光是那么友善,那么甜美。

"其中必有蹊跷,"黑衣男子心里琢磨着,"这个小男孩看上去这么机灵，谈吐间就能看出家教不俗。加之方才见义勇为的高尚之举——我本来以为刚才那条狼狗会咬断这孩子的喉咙呢。"他低下头看着约瑟夫说："你刚才出手帮了我们，救了我侄女。你愿不愿意陪我们回一趟家，给我们讲讲你的故事，或许我们可以——"

小男孩顿时涨红了脸。"不用，"他说，"我不想要什么回报，我刚才做的——"女孩打断了他，没让他继续往下说。"你真的误会我叔叔了。他的意思是如果你不嫌弃我们家寒酸，愿不愿意过去休息一会儿，然后再去跟你的家人会合？"

"那就麻烦您了。"小男孩急忙回答道。

黑衣男子哈哈大笑起来，这两个孩子的言辞、表情都太过严肃了。虽然他知道，这个年龄的孩子往往一夜之间就会长大成人。有些地方，女孩子到了十四五岁已经被视为成年人，甚至可以谈婚论嫁了。这个年龄的男孩子也见识了不少人间疾苦、战争的无情与残酷的现实。

"我愿意跟你们一起去。"约瑟夫补充说道，一边按照爸妈之前在家里教他的礼节吻了吻黑衣男子的袖口。

他们向左拐，经过方济各会教堂；向右拐，穿过一条短巷；接着又向左拐到了当时世界上最奇特的一条街道。

这里就是闻名全欧洲的鸽子街。这里聚集着大量学者、占星师、魔法师、学生，还有医生、教会兄弟，以及那些精通七艺①的大师。鸽子街最破败的地方，就是靠近城墙的北面那头，这里有许多肮脏污秽的房子。犹太难民曾经为了逃避迫害，从世界各地来到这里聚居。这里一度极其贫困。后来，犹太人彻底搬去了河对面他们自己的城市——卡齐米日市，他们留下的房子基本不适合再住人了。首先，房子年久失修，大部分是木质建筑，只有部分房子的临街那面墙用砖头砌成，外墙涂抹了一层粗糙的水泥或砂浆。房子的上面几层通常是悬垂

---

① 七艺：全称为"七种自由艺术"，为西欧中世纪早期教会学校中的七种主要学科，即：逻辑、语法、修辞、数学、几何、天文、音乐。

挑出的风格，房顶只是盖着几块用钉子随意固定的松散木板，没有砖瓦。房子外面摇摇晃晃的楼梯，从临街的门口或者从里面的院子直接通到三四层的住处。本故事发生的时候，一户又一户人家挤在一起住在那儿，混乱不堪、穷困潦倒。

白天，小偷与杀人犯藏身与此，无法无天的人成群结队在地窖、阁楼或者其他巢穴里出没。1407年的一场大火席卷了鸽子街与圣安街，烧毁了许多这种破烂不堪的不法窝点，只可惜并没有把它们彻底清除干净。

鸽子街南面朝向克拉科夫大学，那里住的是大学的学生和老师，环境体面多了。现如今，雅盖隆斯卡大街跟鸽子街交会的拐角处矗立着一幢宏伟的学生公寓，很多学生都住在那里。还有一些学生跟同学或自己的家人在附近租房住。直到15世纪90年代末，校方才强制规定学生必须住在学生公寓里。

被克拉科夫大学的师资力量吸引来的不仅有学生，还有形形色色的奇人异士，他们来自社会的各个阶层，跨越不同的年龄阶段，诸如算命先生、占星师、魔法师、看手相的、江湖郎中、巫师，还有那些总能逍遥法外的骗子。他们全都能在鸽子街的某个地方找到自己的容身之地。

这些人无处不在，街上的房间里、地下室的厨房里，到处都有人在做买卖。自称占星师的人，对轻信他们的人宣称通过看星相可以解读他们的命运。遇到来问姻缘的农家姑娘，他们就会说她们将来的婚姻幸福美满，以博取她们的欢心。若是遇到诚惶诚恐来问前程的商人，他们总是会说有灾难来临，目的是诱骗商人花更多钱以求破财免灾。他们连蒙带骗、连偷带抢，还常常冲动杀人。多年下来，就因为他们的所作所为，这条街已经臭名昭著。许多年以后，约瑟夫·切尔涅茨基垂垂老矣之时，克拉科夫大学凭借自身强大的影响力与这些人的阴谋诡计相抗衡。第一个给这些巫师术士一记重创的人名叫尼古拉斯·科佩尔尼克，也就是后来大名鼎鼎的哥白尼。哥白尼靠着简陋的工具，在望远镜还没有发明的情况下，第一次向世人证明了天体在宇宙中的运转有其固有的规律和法则，只服从宇宙创造者的意志，与个人的命运毫无关系。

同领着小姑娘的黑衣男子一样，街上到处都是穿着长袍的人。不过袍子款式也不完全一样：有些人穿着立领无襟的牧师装；有些人则穿着开领开襟款，袖口宽大，跟大主教穿的长袍一样线条流畅、衣袂翩翩。袍子的颜色也各不相同，有人穿蓝袍，有人穿红袍，还有人穿绿袍。约瑟夫注意到有一个人穿着貂皮长袍，袍子上挂着一根粗重的金链子，链子的末端坠着一个巨大的紫水晶十字架。

他们路过一栋木石混合结构的房子。一大群年轻人正聚集在敞开的门前，他们身上穿着简朴的黑色长袍，远不如之前看见的那些人穿得奢华。黑衣男子告诉他们，这群人正在进行一场有关天体运行的激烈辩论。其中一个人认为苍穹之上的天体持续向西移动了一百年，另一个人则根据西班牙古老的《阿方索星表》的书面论据，反驳说天体运动的方向是永恒不变的。

这之后，他们来到一座正面由石头砌成的住宅前，住宅的房门朝内缩了进去，两侧各有一根凸出墙面的低矮扶壁柱，仿佛为了提醒住户出门之前先仔细瞧瞧左右两侧——这个提醒在晚上尤其有必要。楼上的窗户不仅安装了木质活动式百叶窗，可以像门一样开关，还安装了铁栅栏。黑衣男子从长袍褶层里取出一把大号铜钥匙，插到锁孔里，稍稍用力一拧，然后把门推开。

他们跨过小木板做成的门槛，穿过一条漆黑的走廊，来到一个露天的院子。院子的尽头就是寺庙平坦的外墙，墙上既没有门也没有窗。庭院的右侧是一栋低矮的单层平房，左侧是一座摇摇晃晃的四层小木楼。小木楼外面有一个楼梯，通往二层和三层的房间。楼梯是木质的，用木头固定在墙上，楼梯下面只有一根直木作为支撑。院子正中间有一口老井，井口的辘轳上缠绕着一根绳索，绳索上面吊着一个水桶。

他们上楼的时候，木楼梯发出嘎吱嘎吱的响声。约瑟夫觉得脚下有些晃动，并且头晕目眩，于是急忙用手扶住墙，他担心楼梯会突然松动，轰然倒塌。黑衣男子看到约瑟夫突然扶墙的举动，笑着让他放心，楼梯绝对安全。他们爬上了一段楼梯，来到二楼，接着往上爬，来到三楼，在这里，他们停下了脚步。黑衣男子一只手伸进长袍里，掏出另一把钥匙，这把钥匙比之前那把小一些。

　　他们要走进正对着楼梯平台的三楼套房时，约瑟夫注意到上面还有四楼，只不过主楼梯只能到达三楼。四楼看样子之前是一间阁楼或者储藏室，要想上去需要爬一段简陋的竖梯状楼梯。这段楼梯只有一侧有扶手，倾斜着固定在墙上。楼梯通向的那扇门位于第二个楼梯平台较远那一头的正上方。让约瑟夫感到吃惊的是，那扇门好像是金属做的。从那扇门的大小和形状来看，约瑟夫觉得它应该是由窗户改建而成。门右侧的墙上凿了一个方孔，很可能是用来采光的。约瑟夫感觉这个阁楼有一种难以捉摸的神秘感，但他们随即走进了黑衣男子跟小女孩居住的屋子，约瑟夫再也没有机会细看那间阁楼了，尽管阁楼莫名地引起了他的好奇心。

眼前的房间闷热昏暗，但家具陈设很讲究。墙上挂着几条壁毯，地板上摆放着几把橡木椅子，房间正中间放着一张厚重的桌子，还有好几个大箱子和一个餐具柜。餐具柜上摆着闪闪发光的银器。

小姑娘飞快地跑到窗边，打开百叶窗，光线随即透过铅框里许多小小的玻璃窗格照射进来。她很快又拿来两只小的高脚杯，倒满葡萄酒，放在约瑟夫跟黑衣男子的面前。他们面前的桌子上还放着几块散装面包。三个人一起吃了起来。尽管约瑟夫极力掩饰自己的饥饿，但还是忍不住狼吞虎咽。

"现在给我们讲讲你的事吧。"黑衣男子对约瑟夫请求道。

约瑟夫简短地叙述了自己的经历，重点讲了他跟爸妈一家三口当天早上到达克拉科夫城后发生的事情，还有他们面临的没有地方落脚的尴尬处境。

黑衣男子专心地听他讲述。约瑟夫话音刚落，他就轻轻地敲了一下桌子。"我有个主意，"他说，"你在这儿等我一下，随意吃点东西，我去去就回。"

他随即出了门，匆匆下楼，去了二楼的一个房间。

小姑娘把自己的椅子朝约瑟夫拉近了些，抬头看着约瑟夫的眼睛。

"你叫什么名字？"她问道。

"我叫约瑟夫·切尔涅茨基。"

"约瑟夫，"她说，"这个名字我很喜欢。我叫伊丽莎白。"

"我爸爸叫安德鲁·切尔涅茨基，"约瑟夫接着说，"我们家以前住在乌克兰的黑土地上。我们家住的地方很偏僻，离我们最近的邻居也在六十英里以外。可是我们家不像其他人那样，从来不怕哥萨克人或鞑靼人，因为我爸爸对他们很好。可是不久前，一个之前在我们家干过活的友善的鞑靼人来到我们家，说我们家有危险，当时我们都很诧异。虽然我爸爸表面上哈哈大笑，可是我知道他有些相信这个消息，因为他把那个鞑靼人拉到一边，两个人私下聊了很长一段时间。不过，我爸爸从来不把心里的恐惧表露出来。我们跟往常一样待在家里。我妈妈和我很快就把那个提醒忘得一干二净了。"

"一天夜里，睡觉之前，我妈妈正在缝补衣服。她突然看到一个男人拨开了我家屋顶一角的茅草，正在往屋里偷看。那个人我妈妈从来没有见过。他既不是我们家的仆人，也不是邻居家的仆人。他长着一张凶恶的脸，给我妈妈留下了恐怖的印象，我妈妈吓得大声尖叫起来，把我和我爸爸都吓了一大跳。"

"啊？"小姑娘睁大了蓝眼睛，满是好奇。

"那天夜里，我爸爸来到我的房间，把我叫醒，让我赶紧穿好衣服，随即带着我和我妈妈从房子后面的一扇小门逃了出去。那扇小门以前一直都是用钉子钉死的，从来没有打开过。出了门，我们就钻进地下一条像山洞一样的通道，我们顺着通道往前爬，来到了一间小屋——这间小屋与其他住所隔着一段距离。小屋里放着一辆马车，拉车的是我们家两匹最好的马。原来，我爸爸瞒着我们已经预先想好了办法，所以我确定我爸爸之前一定在害怕什么事情。至于到底是什么事情，他一直不让我们知道。"

"你现在知道了吗？"

"也不知道。最离奇的事情我还没说呢。我跟我妈妈上了马车，发现车上已经备好了很多食物。这时，我爸爸快速走到屋子的角落，用力挥起耙子刨东西。不一会儿，他就挖出了一堆蔬菜——为了更好地保存，这些蔬菜之前是用树枝和树叶盖着的。我原本以为他要把其中一些蔬菜搬上马车当食物。但令我惊讶的是，他只选了其中一样。"

"那是——"

"南瓜。"

"南瓜？可是为什么？"

"跟你一样，我也不知道。等到车上的东西全都吃光后，我爸爸也不肯让我们动那个南瓜。当然，那是出门十天以后的事了，我们离目的地只剩最后一段路了。今天早上，有一个很明显是从乌克兰一路跟踪我们的人，主动提出用跟南瓜一样重的金子与我爸爸换那个南瓜，不过我爸爸拒绝了。"

"你妈妈那天看见的那个拨开你们家屋顶一角的茅草偷窥的人，你们后来知道是谁吗？"

"我不知道。但后来发生的事情证明，我爸爸匆匆忙忙带着我们悄悄离开家的做法是明智的。因为几天以后，我们在一个村子里停下来歇脚、喂马时，遇见了一个从我们家那一带过来的骑马的邻居。在我们离家出逃的第二天，他从我们家经过。他告诉我们，我们家所有的房屋都被烧成了灰烬，我们家的田庄看上去就像打过仗一样，庄稼被烧了个精光，地上被挖得到处都是洞，仿佛有什么人来寻找被人藏起来的宝藏一样。"

"你爸爸现在还留着那个南瓜吗？"

"留着呢，在他手里安然无恙呢。可是我不明白，人家给那么多金子他为什么不肯卖？不过我觉得，如果他知道我把南瓜的事情全都讲了出来，他会不高兴的。但是我知道你会保守秘密的。好了，跟我说说你的事吧。你管那个人叫叔叔，他是你爸爸的弟弟吗？"

"是的。我很小的时候，一场瘟疫席卷了我们家住的小镇，我爸爸妈妈在那场瘟疫中去世了。我叔叔是克拉科夫大学的文学硕士，是一位非常伟大的学者，"她满怀自豪地补充说道，"他的名字叫尼古拉斯·克罗伊茨，在这所大学有名的炼金术士中，他是最出色的一个。尽管他是个虔诚的基督徒，但不在教会任职。跟其他很多炼金术士一样，他也想找到炼金的秘密。"

正在这时，学者兼炼金术士突然出现在门口，微笑着看他们。

"我刚去确认了一下，"他一边说，一边在桌子边坐下来，"如果你爸爸愿意，你们一家人可以在这栋房子里找到一个住的地方。租金不贵，虽然条件简陋，但有一个栖身之地，总比晚上露宿街头要好。你爸爸可以把他的两匹马卖了，我听说现在马市行情好，能卖个好价钱。他可以暂时住在这里，等找到合适的工作再说。除非，"他补充道，"他嫌这地方太简陋——"

"不会不会，"约瑟夫连忙说道，"在这么艰难的时刻，就算是为我妈妈考虑，只要能遮风挡雨，什么地方他都会开心地接受。我妈妈从乌克兰长途跋涉到这里来实在是有些累了。我真是恨不得赶紧把这个好消息告诉他。不过走之前，我能不能跟您确认一下，您说的这些话都是认真的？"

伊丽莎白从椅子上一跃而起。"你要是跟我一样了解我叔叔，就不会怀疑他的。"听了这句话，炼金术士用两条长长的手臂一下子把小姑娘抱住，黑色的袖子垂下来几乎把小姑娘包住了。小姑娘仿佛夹在了一只大渡鸦或者大乌鸦的两只翅膀中间，探出头对着约瑟夫笑。

"赶紧去告诉你的爸爸妈妈吧，"她催促着，"把他们带到这里来。实际上，我还从来没感受过妈妈的爱呢。要是你妈妈喜欢我——"

"她一定会喜欢你的，"约瑟夫大声说，"我这就去，克罗伊茨先生一打开楼下的门我就去。"

"告诉你的爸爸妈妈，我们楼下的那一层是空的，"炼金术士一边交代，一边开门让小男孩出去，"那儿只有两间房。一间大的，一间小的。不过我相信，这两间房暂时够你们家住的了。"

约瑟夫真心诚意地向他道了谢，然后撒腿朝集市跑去。他一路狂奔，一路畅通无阻，鸽子街仿佛一下子就展现在他的眼前。他很快就到了直通纺织会馆的那条街上。

经过市政厅，在那里转了个弯，他径直穿过布匹市场，朝小教堂跑去。他爸爸之前就是在那附近给马卸下缰绳跟马鞍，让马休息的。不过，当他第一眼看到马车跟站在马车里的爸爸妈妈时，他顿时收住了奔跑的脚，惊愕不已。随即，他像一支离弦的箭似的迅速向前冲，因为，此时此刻他眼里看到的场景比这个糟糕的日子里发生的所有事情都让他心惊胆战。

当天早上被他们扔在路边泥地里的骑手此刻正带着

一帮匪徒站在他家的马车边，冲着切尔涅茨基先生跟他妻子又是喊又是叫，威胁他们。骑手拿着一根粗木棒，那帮匪徒看起来是他的手下，手里都拿着棍子跟石头，怒气冲冲地喊叫着，仿佛随时准备往马车上的一男一女身上砸过去。面对他们那副气势汹汹、恶狠狠的架势，切尔涅茨基先生上前一步，挡在妻子前面，生怕有人扔石头砸到她。一方在无声地抵抗，另一方的头领带着手下在高声喊叫，一大群人很快拥到了马车周围。因为此刻已接近中午，集市上午的生意差不多结束了，很多市民跟农民正在广场周围的树荫下吃饭或休息。

这时，约瑟夫突然冲破人群，跳上马车，站在他爸爸身旁。

"哈哈，这个小兔崽子也回来啦，"当天一大早自吹姓奥斯特洛夫斯基的人大喊了一声，"他跟他爸妈一样，都会巫术。今天早上就是他朝我的马腿外侧吹了一口气，就把马吹上了天。"

听了他的话，人群中有一个大块头偷偷摸摸地朝他们三个扔了一块石头，差点砸中切尔涅茨基先生。

"巫师！巫师！巫师！"围观的人齐声吆喝起来。

"这个男人最坏了，"自称姓奥斯特洛夫斯基的人喊道，"就是他对我兄弟施了巫术，随后把他的脑袋砍下来变成了一个南瓜。如果他还有一点点良知，就应该当着大家的面把南瓜交给我，让我按照基督教的礼仪把我兄弟的脑袋埋了……可是他不会答应的，那就让他接受我的指控吧。他是个巫师，没错，他应该接受教会、法庭跟道德的审判。冲上去！杀了他！把南瓜还给我，把我兄弟的脑袋还给我！"

在今天的人看来，这些指控简直荒谬可笑。但是在15世纪，人们并不这么认为。因为自黑暗时代起，迷信思想与残酷行为在社会上大行其道。15世纪的人才刚刚开始意识到这些现象的愚昧和荒唐。他们相信某些人拥有邪恶的力量，可以把别人变成奇怪的动物；他们相信有人可以用魔法给别人下最恶毒的诅咒来发泄怨恨；他们还相信有人可以通过施符咒给食物下毒，让牛奶变酸。

一个人无论多么宽厚善良、清白无辜，一旦被扣上巫师的帽子，就足以让粗暴野蛮的男人——没错，也包括女人——主动迫害他，对他做出各种非法行为。

为了报复切尔涅茨基先生，更为了得到那个南瓜，这个骑手利用大众的心理耍了花招。他在城里找来了一些狐朋狗友，制造了浩大的声势，然后领着这帮人把城里搜了个底朝天，终于找到了切尔涅茨基先生和他的妻子。

"南瓜啊，南瓜——你可是我兄弟的脑袋啊。"他不停地大声呼喊。

看到对方的表演，切尔涅茨基先生只是报以嘲笑。他用一只手把南瓜紧紧地抱在怀里，另一只手握着沉甸甸的宝剑。意思明摆着——谁要是想上前抢南瓜，就先试试宝剑的厉害吧。这些乌合之众胆小怯懦，没有一个人敢上前靠近马车和他面对面交锋。不过，有些人手里拿着大石头偷偷地溜到他身后，另一些人则围在他前面随时准备一哄而上。就在这时，一个模样德高望重的男士冲进了乱哄哄的人群中。他身穿棕色长袍，袖子又肥又大，袍子上还配着一个尖顶兜帽。他身材中等，步伐稳健，看上去正值盛年。

他可能是个神父，也可能是某个品级的修士。但他肯定是位学者，因为他举手投足间表现出了学识和修养。

"住手！住手！你们这帮胆小鬼！"他用命令的语气大声喊道，"这里出什么事了？"

"这一家三口全都会巫术，全都是巫师。"匪徒头领粗鲁无礼地说，"把手拿开，我们要教训教训他们。"

"什么巫术巫师的，简直胡说八道！"刚来的人一边大声喊着，一边爬上马车，站在切尔涅茨基先生身边，"这只不过是你们实施暴力行为的一个借口，过去的一年里，这座城市发生的这类事情太多太多了。除了瞎子，谁都看得出来他是个老实人。欺负一个老实人，欺负一个弱小的女人和一个手无寸铁的孩子。我说，你们这帮胆小鬼难道不害臊吗？赶紧散了，不然我叫国王的禁卫军过来了。"

"他就是扬·康提，"其中一个匪徒压着嗓子说，周围的人都听见了，"我走了，不干了。"随即，他把棍棒扔在地上，拔腿就跑。

也许切尔涅茨基先生和他的妻儿不会魔法，但扬·康提这个名字的确带魔法，而且是一种健康向上的魔法。因为一听到这个名字，人群中的每个人都立刻摘下帽子向他致敬，而且彼此斜着眼睛投去鄙夷的目光，好像做了什么丢人的事情被人当场撞见了一样。

"这就是大善人扬·康提。"四面八方的人都在窃窃私语。顷刻间，人群一散而去，一个不剩全走了。就连那个始作俑者也不见了。

第四章

大善人扬·康提

克拉科夫城在 15 世纪迎来了它的黄金时代，那个时代的克拉科夫城不乏声名显赫之人，其中最杰出的人物之一，是一位名叫扬·康提的学者兼神父。他在克拉科夫大学接受教育时正值经院哲学晚期，当时教学的主要内容依然是对以语法为王的"七艺"的阐述与讲解。不过，丰富的人生阅历加上广交天下友人的经历，让扬·康提成了一个多才多艺的人。一方面，他热爱理论学习；另一方面，他把从书本上学到的大部分规律应用到现实生活中。他住在克拉科夫大学老公寓楼底层的一个单人牢房般的住处（这座建筑很久以前被大火烧毁），

全身心地投入到丰富多彩的脑力劳动中。或对旧问题提出新的观点，或在欧洲大型教会会议上对大学学者的行为和观点发表评论，或编撰他那个时代的知识分子编年史。

他的一生是圣人般的一生。那时他的住所门庭若市，拜访者就像今天到克拉科夫大学图书馆旧址瞻仰他圣像的人一样络绎不绝。农民尤其爱戴他，这其实是件稀奇的事，因为田里的庄稼人很少会找大学里的学者来询问意见。事实上，他们不大敢去向学问深厚的执政者寻求帮助。不过，在扬·康提面前，他们没有这种胆怯的感觉。在种粮食跟蔬菜的季节，他们会跑到克拉科夫大学，向他请教四时节气应该种什么的问题。与农场主发生冲突、纠纷的时候，他们找他来评判裁决。他们向他请教该给牲畜喂什么饲料的问题。他们向他请教有关伦理道德与宗教信仰的一切问题。他们把他的意见看作神的旨意，奉为圭臬，心满意足地全盘接受。

因此，他的名字尽人皆知，响彻城内城外。他最痛恨的是人与人之间的暴力行为，还有欺凌弱小的行为，比如欺负一匹马、一条狗或者一个小孩。所以，当他看到忠厚老实、面相和善的一家三口被上百人围攻的时候，便奋不顾身、毫不犹豫地冲进了投向安德鲁一家的飞石之中。

"愿主赐予你平安。"人群散去后，他对切尔涅茨基先生说。同时，他伸出一只手在安德鲁妻子头上轻轻地拍了拍，说："还有你，我的姐妹。

"你们因何遭此劫难？你们是从外地来的吗？"

"对，我们是外乡人。更惨的是，我们还无家可归。"切尔涅茨基先生回答。

"你们是从很远的地方来的吗？"

"我们从乌克兰过来。"

听到这里，这个好心人激动得肩膀发抖。"哎呀——哎呀——那你们在这里应该有几个亲友吧？"

"一个亲友也没有。本来有一个，我们也找过他，可是他已经死了。鞑靼人烧毁了我家的房子，抢光了我家的财产。现在还有人一路追踪过来，想把我杀掉，抢走我唯一的东西。"说到这里，他用一只脚踢了踢南瓜。

"那些人为什么说你是巫师？"

切尔涅茨基先生笑了笑。"这只不过是人家耍的一个把戏罢了，先在广场煽动大家对我的不满情绪，然后把我的南瓜抢走。我觉得这个煽风挑事对付我的人跨过边境线跟踪我很久了。而且我认为他是受某个大人物指使而来的。说来话长啊……恩人啊——恩人——您是神父吧？"

"大家都这么叫我。"

"那么，仁慈的神父啊，请您听我说！我不是来害人的。在这个充满算计跟骚乱的地方，我们无依无靠。我只是想找一个能遮风挡雨的地方，给我妻子和孩子过夜而已。"

"那就跟我走吧，"这位学者兼神父说，"尽管寒舍条件简陋，但我会尽最大的能力招待你们。不仅如此，把你的马车套好，穿过那边那条巷子就是圣安街了。"

切尔涅茨基先生已经开始调整马车挽具了，一旁的约瑟夫突然拽了拽他的袖子，"老爸，"他急切地说，"老爸，我知道有个地方我们可以住。"

安德鲁低下头看着约瑟夫，满脸惊讶。"你?"他说，"你知道? 你是怎么找到那个地方的?"

"一位学者带着他的侄女住在那里，他们还邀请我去了他们家。他们家楼下正好有两间空屋，就在楼梯口。"

扬·康提打断了他们的话。"不管怎样，先去我住的地方吧，之后如何打算，我们回头再商量。如果这孩子已经找到了住处，他的表情跟他说的话都像是认真的，那咱们就先到我住的地方安心地聊一聊，总比在这闹哄哄的广场上要好。"

几分钟之后，他们来到了克拉科夫大学的一大片建筑前面，在最大的一栋楼前停下了脚步。一路上，约瑟夫注意到他们在街上遇到的每个人见到扬·康提时几乎都会脱帽致意，甚至还有一队骑士拔出宝剑向他敬礼。不过，扬·康提似乎并没有太理会人们对他的这些礼节，因为他正一门心思考虑眼前的问题。甚至从马车上下来，领着一家三口到达他位于一楼的狭小住所时，他也一直在思考。

刚一进屋，切尔涅茨基先生没有马上询问约瑟夫关于住处的问题，而是立刻请求跟扬·康提单独谈一谈。于是，这位学者安排约瑟夫跟他妈妈坐在他住所外面走廊的桌子前享用准备好的点心。随后，切尔涅茨基先生开始在屋子里跟扬·康提低声密谈。

约瑟夫跟他妈妈在外面吃东西的时候只听见里面有嗡嗡嗡的声音，但听不清楚两人具体在讲什么。只有一次他听清楚了几个字，那是神父在问切尔涅茨基先生："这么说，这就是你从乌克兰带来的南瓜？"

切尔涅茨基先生肯定是用点头回答的，因为约瑟夫没有听到他的声音。在整个谈话过程中，他的手里一直抱着那个宝贝南瓜。之后，约瑟夫再也没有听到里面的谈话，因为他开始跟他妈妈讲述自己当天上午不同寻常的经历。

在他讲述自己经历的过程中，他妈妈没有吃东西，而是目不转睛地看着他。"天啊，这简直是个奇迹，"她惊讶地说，"等你爸爸跟里面那个好心的神父谈完，我们就直接去你说的地方找那位学者……还有那个可怜的孩子。她爸爸妈妈染上瘟疫死了？我真的觉得这一定是上帝的旨意，把我们派到她身边去照顾她。"

扬·康提坐在屋子的里侧，听完了切尔涅茨基先生的故事，接着问了几个问题。切尔涅茨基先生一一回答之后，两人又开始快速地低声交谈。

之后，扬·康提用一只手擦了擦眼睛，好像陷入了深思。然后他说："在我看来，你只有一条路可走。既然你认为你的敌人在城里，那你就必须暂时躲起来，不让对方发现。我建议你更名改姓，这也不是什么罪过，因为你这么做的目的是堂堂正正的。考虑到你眼下的处境，你可以把马和车卖了换些钱。瓦维尔山下的平原上有一个马匹市场。如果你愿意，我可以派人替你跑一趟。当下，马和车对你来说只是累赘。此外，你这两匹马品种优良，而且膘肥体壮，肯定能卖个好价钱。"

"即便卖马换了钱，也维持不了多久，"切尔涅茨基先生说，"我还得另外找份差事做。"

"这个我已经替你想到了，"扬·康提继续说，"我正好打听到有份差事适合你，不过可是份苦差事。"

"对我来说，再苦再累也算不了什么，"安德鲁立刻回答，"只要能养活我的妻子和孩子，我都愿意干。"

"好！太好了！"扬·康提高兴地大声说，"那么，我还有最后一件事情要确认一下。我想你以前打过猎吧？"

"呃，对。"切尔涅茨基先生回答道，对方的问话让他感到非常诧异。

"那你也会吹号？"

"当然会。不夸张地说，在我家乡那一带，我吹得比其他猎人都要好。"

"太好了！不过还有一件事。刚才你跟我说的那个秘密，只能让国王一个人知道。你守护的这件宝物应该归还给他，那是国家的财产。我不知道它已经给这个世界带来了多少祸端，只希望祸害到此为止，不要再发展了。你愿不愿意把它交给我来保管呢？"

"我很愿意交给您。可是我跟我父亲发过誓，只要我活着，就要跟它寸步不离，除非把它献给一个人，这个人就是波兰国王。"

"愿上帝保佑你。你在这里休息休息，我找人把你的马卖了，然后我们再听听你儿子说的事，接下来再考虑明天怎么安排。"

随即，他就把外面走廊里的母子俩叫进屋里。"天啊，这……"听切尔涅茨基太太把约瑟夫的经历讲完以后，扬·康提说，"这简直是完美的安排了。我知道你说的那个地方，我也认识克罗伊茨。他是个奇人，虽然性情有些古怪，但人绝对真诚可靠，而且热爱追求真理。我想，一般人都很怕他，就像怕住在他邻街的很多人一样。因为那条街从古至今就住着巫师之类的江湖术士，而他家的院子更是少有人出入。时不时会有人散播他的"奇闻逸事"，据我所知，大多是以讹传讹。不过就你们目前的情况来说，那里是个不错的安身之处，因为你们住在那里不大可能被人打扰。"

听了这些话，切尔涅茨基太太心头突然涌上一股强烈的感激之情，她几乎要双膝下跪请求眼前这个好心的神父为他们赐福，但神父连忙把她扶起，制止了她的举动。

"不要这样，我的姐妹，"扬·康提说，"是我需要你们的赐福，是我见识了你们的善良、不屈不挠和勇敢无畏。"

不过，她还是吻了吻扬·康提的手背。约瑟夫也学着他妈妈的样子，向神父行了吻手礼。切尔涅茨基先生已经眼眶湿润，他迅速转过身，不愿让他们几个看见。因为人与人之间的善意赋予了他一股强大的力量，触碰到了他心底最柔软的地方。此外，这位学者兼神父身上的某种气质深深感动着他，一种将纯净的博爱情怀与高尚的精神品质融为一体的气质，是那么美好，那么温柔，让他与众不同。

扬·康提派了大学里的一个仆人去卖车马，约瑟夫跟爸爸妈妈则坐下来等那个仆人回来。

他们在屋子里等待的时候，门外突然传来一阵敲门声，扬·康提立即起身开门。只见一个女人抱着一个婴儿站在门口，看样子不是来乞讨的，而是来请教建议什么的。她看起来好像是从布莱克村来的，她的胳膊、腿、脖子都疼得不行。

扬·康提轻声询问了她的身体情况之后，问道："你睡在什么地方？"

"我睡在地上，尊敬的神父先生，"她回答说，"实在是太疼了，我再也忍受不下去了。我肯定是被魔鬼缠上了，求求您帮我把它赶走吧。"

"你睡的是石板吗？"

"是的。"

"石板是不是经常很潮湿？"

"除了春天以外，其他时候都不潮湿，尊敬的神父先生。"

"那石板下面的泥土潮不潮湿？"

"呃——对——可能吧，"她说，"在不经常打井水的时候，井水就会溢出来，因为那里有一处水源。如果有人打水的时候不小心，溅出来的水也会沿着石板缝隙渗漏到地下。"

"那就按照我的话去做，这样你身上就不会再疼了。在水井跟你家房子中间用石头垒一堵矮墙，做好防水。然后挖一条排水沟，把流到你家的水引走。还要经常晒床单，保持床单干爽。每个星期换一次铺床的树枝。这样一来，你的疼痛就消失了。"

女人心怀感激地吻了吻他的手背，行了个吻手礼，离开了。

接着，来了个农民，他抱怨说地里有很多虫子，毁了庄稼的幼苗。

"请您帮我祈祷祈祷吧，神父，"这人恳求他，"那样害虫就会消失的。"

“只有你自己才能防止虫害，”扬·康提说，“你从炉子上抠一些灰下来，把它们撒在庄稼地里。如果这么做没有效果的话，那就一大早起床给庄稼地浇上水。这样一来，虫子就会钻出来，你趁机把它们消灭就是了。”

农民走后，扬·康提来到高高的书桌前，从橡木笔架上取下一支鸽毛笔，在长长的羊皮卷上写着什么。羊皮卷写满字的部分从书桌上垂下来，几乎要拖到地板上了。

约瑟夫蜷缩在窗户下面的一个长凳上，闭着眼睛。今天经历了好多惊险的事情！明天又会发生什么事呢？

一开始他的思绪只是缓慢地流淌，后来突然变得急促汹涌，越发天马行空。他似乎看到自己身穿盔甲，一手握着盾，一手挥舞着宝剑，正在跟一个身材魁梧的黑眉鞑靼人殊死搏斗。那个鞑靼人的脑袋长得很奇怪，是一个大大的黄南瓜。突然，鞑靼人摘下自己的南瓜头，双手抱着它爬上一个陡峭的梯子，进了一间仿佛高悬在星空中的房间。只见房间里劈下一道闪电，闪烁着色彩奇异的光。突然，鞑靼人又出现了，这次他顶着一颗狗头，而那个南瓜飘浮在他的身边，仿佛风中飘荡着一个羽毛做成的球。渐渐地，扬·康提手中的鸽毛笔写字的唰唰声越来越小，约瑟夫的天马行空的奇幻世界也慢慢地暗下去，最后只剩下一片黑暗。

约瑟夫睡着了。

等他醒来的时候，房间里已经没有了阳光。房间对面点起了一盏烛灯。借着烛光，他看到他的爸爸妈妈和扬·康提正围着他们面前桌子上的一个东西忙碌着。他揉了揉眼睛，确定自己不是在做梦。没错，正是那个神秘的南瓜，只见他爸爸正用一把大刀削着南瓜外皮。这个南瓜很稀奇，很奇特——它的外皮又硬又脆，刀子刮在上面就像在切木板一样。约瑟夫被深深地吸引住了，目不转睛地看着这一切，几乎不敢呼吸。随着刀刃在南瓜上游走，坚硬的外皮犹如一小块一小块的贝壳一样掉落在地板上。

"我觉得，"安德鲁低声地说，"我在乌克兰的家被人烧毁，正是因为我手里的这个南瓜。而今天追踪我们的那个人对南瓜里藏着的东西一清二楚。有人告诉他南瓜在我手里，南瓜的大小他也非常清楚。所以，当他在我的马车上看到这个南瓜，而且只有这么个南瓜，其他什么东西也没有的时候，心里就有数了。我之所以没有刻意把南瓜藏起来，当然是为了尽量减少别人的怀疑——"

"可是，"扬·康提打断他，"人们在这个季节看见南瓜，只要稍微留点心，就会觉得很蹊跷。这是个过季的南瓜。我想，在当下这样的仲夏时节就算找遍整个波兰，也很难再找到这么一个南瓜吧。"

"确实如此，"切尔涅茨基先生回答道，"不过我只能冒这个险。自从很久之前开始由我保管这件宝物以来，我就一直担心，害怕坏人发现它在我这里之后把它抢走。后来我就想到了一个主意，用一个外壳把它很好地藏起来。从那以后，不论冬夏，我都会准备一个南瓜壳以备急用。事实上，我之前做过很多次实验，终于找到了一个保存得这么完好的南瓜壳。"

此时，他削掉了最后一片南瓜外皮。

房间突然亮起来，仿佛同时点燃了上千支蜡烛一般。彩虹般斑斓的色彩照射在墙上，放南瓜的地方迅速出现了一个巨大的光源，它犹如天上的太阳一般熠熠生辉。摇曳舞动的光斑在房间里跳来跳去，将昏暗的屋子一下子照得亮如白昼。随即，房间内又只剩下那盏烛灯的光亮了，因为切尔涅茨基先生已经把原本装在南瓜里的东西放进了扬·康提准备的袋子里。等约瑟夫冲到桌子前面的时候，他正忙着系好袋口。

"爸爸，"他大声问道，"那是什么？你从南瓜里取出来的会发光的东西是什么？"

切尔涅茨基先生语气和蔼，却很坚定。"约瑟夫，你迟早会知道的。你一旦知道了我们肩上担负的责任，这些就会成为你的负担，会给你带来意想不到的担忧。如果你只是出于好奇，那还不如不知道，因为知道它只会给你带来痛苦。假如你真正关心的是事情的真相，那我清楚地告诉你，在合适的时候我会把事情的来龙去脉全都讲给你听。而现在因为它，我已经付出了很大的代价，不忍心让你小小年纪就肩负着保守秘密的沉重负担。"

说到这儿，切尔涅茨基先生突然停住了。短暂的沉默之后，他转移了话题。

"我们现在就出发去你帮我们找的那个地方。你睡觉的时候，尊敬的神父已经带我去拜访过你的朋友了。他已经让人把房间打扫得整洁舒适，我们就住那里了，至少暂时住一段时间。"

第五章
鸽子街

大家从扬·康提的住处出来的时候，圣安街已经漆黑一片。扬·康提坚持要陪他们一起过去，他手里举着那盏小烛灯引路。烛灯发出的微弱灯光只能照亮前面一两步远的地方。天上没有月亮，只有星星闪着微光，跟烛灯的光一样昏暗。切尔涅茨基先生右手搂着妻子，跟在扬·康提后面。约瑟夫走在最后面。一行人沿着街边狭窄的人行道刚走几步，约瑟夫突然感觉有一个冷冰冰、湿乎乎的东西凑到了自己的右手上。他吓了一跳，但随即便放下心来。原来不过是一条流浪狗用鼻子蹭了蹭他的手，以示友好。

　　约瑟夫伸手摸到了一颗毛茸茸的大脑袋，心想："的确，这狗长得很像今天扑向伊丽莎白的那条狼狗。没错，大小差不多。还有，它的项圈跟之前我抓住的那个简直一模一样。摸摸项圈上的这些小疙瘩就知道了，它们几乎可以划破手指。""爸爸！爸爸！"他大声喊起来。

　　切尔涅茨基先生飞快地转过身，问："怎么了？"

　　"这儿有条狗，"约瑟夫回答说，"一条友善的狗。"

　　"那就把它带上吧，"切尔涅茨基先生大声笑着说，"我们现在朋友越多越好。"说完，他们继续赶路。

　　在世间所有的生命中，狗是最神奇的，而且有人会认为狗是最有识别力的。上午约瑟夫松开它之后，出于本能，它的第一反应就是逃跑。接下来，它的第二本能就是找个朋友，因为它们活着不能没有朋友。那个鞑靼小男孩已经走了，而且它已经看清了他的真面目。狼狗凭借着一种罕见的本能——有时候马也拥有这种本能——意识到那个跳过来抓自己项圈的小男孩并没有恶意。或许是那个小男孩的触摸，或许是那个小男孩说话的语调，让狼狗知道了约瑟夫经常跟狗打交道，也让它知道了约瑟夫对它很友善。所以它走遍大街小巷，找了一整天。当它在黑暗的街上遇到这群人的时候，嗅觉告诉它这里有个爱狗人士。巧之又巧的是，这个人竟然还是今天上午突然扑到自己身上的那个小男孩。

最后，他们从圣安街拐进了一条如今被称为雅盖隆斯卡街的侧巷，顺着这条路走了没多久，就到鸽子街了。然后，他们向左拐，还没走几步就听到前面突然传来一阵嘈杂的窃窃私语声。扬·康提神父闻声停住了脚步，其他人也跟着停了下来，静止不动，只有那条狗还在使劲拉扯被约瑟夫抓住的项圈。

"你们在这里等一下，"神父对他们说，"我过去看看前面发生了什么事。"一群身穿黑袍的人在街道正中间围成了一个圆圈。扬·康提把烛灯高高地举过头顶，用力挤进了人群中。

"同学们！"他一边大声喊，一边举着烛灯挨个照着学生们的脸，"同学们，你们在这里搞什么恶作剧？"

他一来，人群一下就散开了。切尔涅茨基先生看得出来，他们要么是特别害怕扬·康提，要么是非常敬重扬·康提，要么两者都有。

"在决斗吗？"扬·康提神父生气地大声问道，一边走到人群中央，这时地上出现了一块被灯笼照亮的地方，那地方之前被看热闹的人遮住了。"这是怎么回事？"

两个年轻人面对面站着，他们都是学生，汗衫敞开着，校服黑袍被扔在一边。他们撸起右手臂的袖子，手里紧握着细长的意大利格斗剑。就在扬·康提神父到达"决斗场"前的那一刻，他们已经交过手了。

"在决斗吗？"扬·康提重复问了一遍，"学校严令禁止在周边街道上打架斗殴，难道你们不知道吗？我都不知道这个禁令下过多少次了！学生参与打架斗殴是会被罚款甚至被判坐牢的，难道你们不知道吗？"

他毫不畏惧，伸出双手去夺他们手中的宝剑。"这可不是闹着玩的。"他一边呵斥，一边让两个人都把宝剑收回去。

的的确确，这场决斗真不是闹着玩的！这两个年轻人用的可都是已经出鞘的裸剑！大多数学生在决斗的时候都会用剑头防护帽将剑头包住，以降低危险，要么就是用大砍刀，而决斗双方也会穿上护甲，戴上厚重的防护手套跟头盔。然而，站在这里的两个年轻人却没有做任何防护措施。显然，要是没有扬·康提的阻止，其中一个人必定会遭受重伤。

"到底是怎么回事？"他重复问道，"你们都叫什么名字？"

他把烛灯凑近离自己更近的那个学生，突然惊讶地大喊了一声："约翰·特林！我怎么也想不到会在这里见到你！我以为你只对坩埚感兴趣，什么时候也开始玩刀枪了？你又叫什么名字？"他转而怒斥另一个学生。

"康拉德·米林纳基，来自马索维亚。"学生一边回答，一边将武器插回腰间，羞愧地垂下了眼睛。

"马索维亚人！很高兴你还知道羞愧。也许你生气情有可原，我听说最近马索维亚人总是遭到无端的侮辱。回你房间去吧！你的事情明天再说。还有你们。"他转身面向围观的人群，大部分人已经走了，留下来的少数几个正幸灾乐祸地等着看打架的人怎么受罚呢。"你们都赶紧回自己的宿舍去。要是我回来的时候看见你们有人还在这里的话，明天早上我就通报给学校。"

"而你，约翰·特林，"当人群散尽，现场只剩下他跟另外那个学生时，扬·康提对他说道，"这样在大庭广众之下跟人打架闹事，难道你不觉得害臊吗？"

"才不会呢。"对方立刻回应道，并不躲闪扬·康提质问的眼光。

这时，切尔涅茨基先生一家三口也赶上前来。在灯光的照耀下，约瑟夫瞥了一眼这个名叫约翰·特林的学生，不由得大吃一惊，心头涌起一股强烈的反感。倒不是因为看到了一张扭曲的脸，事实上这张脸并不难看，眼睛炯炯有神，目光犀利，头发乌黑。他身材挺拔，向后卷起的领口处露出的白皮肤与他的黑头发以及四周的茫茫夜色形成了强烈的反差。可是，他鼻子瘦削却透着刻薄，嘴巴虽小却透着傲慢，目光中透露着极度自私的神气。这种表情出现在一个如此年轻的小伙子脸上，显得特别稀奇，甚至怪诞。这种表情很反常，在约瑟夫这个年纪的孩子眼里可能更明显，因为成年人见惯了世人的卑鄙和自私。

"刚才你们为什么吵架？"约瑟夫听到神父非常严厉的质问声。

"一两句话说不清楚。"

"那也得说，长话短说。"

"他侮辱了我。"

"他说什么了？"

"他说的可不止一件事，不过主要是瞧不起我的研究。他问我到底有没有学会用破铜烂铁或者皮革提炼金子。他还说要是我有能耐把这些东西变成贵金属，他就到处去城里收旧鞋让我炼金。"

"难道你没有还嘴吗?"

特林犹豫了。然而,扬·康提身上自带一种威慑力,让人在他面前不得不实话实说。"我的确问了他北方乡下的青蛙是不是也说马索维亚语。"他回答道,语气尖酸刻薄。

"是了,我猜就是这么回事,"扬·康提立即回应道,"你们为什么总要挑衅马索维亚人,非得逼他们动武呢?此时此刻,我郑重地提醒你,你自己可能也是个不错的剑客,不过,马索维亚人虽然优势不在舌战,但个个精通剑术。"

"但他还说了更过分的话。"特林继续为自己辩解道。由于无法用波兰语清晰地表达自己的感受,他转而说起了德语,这让约瑟夫颇为苦恼,因为他一句也听不懂。

"多加注意,特林,"最后,神父对他说,"既然你还不是大学的正式学生,你的行为就应该更加小心谨慎。既然是你先动武,那你就要主动去求得和解,明天一早就去找对方，并亲吻他的脸颊，请求他的原谅。"

按照特林一贯的脾气，这个建议很难接受。但他已经被扬·康提深深地影响了，最后还是点头同意了。

"除此之外，我还要多说两句，约翰·特林，这种事情对你没有任何好处。我不太了解你最近的学业状况，但听说你经常跟一些无所作为的巫师和占星师混在一起，很少跟克罗伊茨先生以及像他那样的杰出人物打交道。当代人真是愚昧无知，人们对从事研究的人一律持怀疑态度，不论其本质是诚实正直还是虚伪欺诈，不论其出发点是虔诚无私还是利己自私。对了，你还住在克罗伊茨那里吗？"

"是的。"

"那就跟我们一起走吧，我们正要前往他的住所。这位先生跟他的妻子正要去租住克罗伊茨楼下的空房。"

这个年轻人极力想借着灯光看看这几个新房客都是谁，可是约瑟夫·切尔涅茨基一家三口他一个也没看清楚。

一行人继续往前走了一小段路，来到了约瑟夫下午来过的门口。扬·康提伸手拉了拉门上方垂下来的门铃拉绳。几分钟以后，一个驼背的老妇人提着灯笼走了出来，在门口仔细打量了一番之后，才让他们进了门。

"现在一切都好了，"约瑟夫的爸爸对扬·康提说道，"我们不用再给您添麻烦了。"

"根本算不得什么麻烦，"扬·康提表达了反对意见，"既然一切已经安顿妥当，我相信你们一定会住得安稳舒适。明天我会派人来跟你介绍一下我给你找的新工作。那现在就祝你晚安了，安德鲁——科瓦尔斯基先生，"在开口说出这个假姓时，他略微迟疑了一下，"愿你平安。"

"也愿您平安。"他们一家三口表达了同样的祝福。

之后，这个谦和、博爱、高尚的老人那亲切的身影再次消失在夜幕中。当切尔涅茨基一家——现在是科瓦尔斯基一家——和约翰·特林，还有那条狗都进了门之后，老妇人砰的一声关上门，然后用力插上门闩。

"我们终于有家了。"切尔涅茨基先生感叹道。

老妇人提着灯笼在前面带路，领着他们穿过尖顶拱门的走廊，来到了院子里。在这里，特林跟安德鲁一家道了晚安，然后进了院子右侧自己的房间。从之前在街上借着灯光看到特林的那一刻起，约瑟夫就不喜欢他，而在此时的道别之际再次对他有了同样的反感。这张脸很容易让人做噩梦。不过，在白天这只是一张普通的脸，跟其他上千名普普通通的学生没什么不同，既不美也不丑。可是在昏黄的灯光下，他的五官却呈现出了一种难以形容的恶意，令人恐惧。

老妇人领着安德鲁一家来到左侧的楼梯。他们沿着白天约瑟夫爬过的路线爬上去的时候，整个楼梯都摇摇晃晃的，感觉比白天晃得还要厉害。老妇人轻松自如地走在前面，安德鲁一家则紧紧抓着栏杆保护自己，生怕脚下的木板会突然坍塌。

二楼楼梯口的房门已经打开了。伊丽莎白·克罗伊茨手里举着她亲手点燃的蜡烛，从门里出来迎接这一家人。切尔涅茨基先生接过蜡烛，仔细打量着这个小小的住处。一共只有两个房间，幸运的是，其中一间宽敞且方方正正，所以一头可以用作安德鲁夫妇的卧室，另一头还有足够大的地方供一家人生活起居。另一个小房间是里屋，可以用作约瑟夫的卧室。为了让他们能够顺利入住，开门的老妇人前一晚上一直忙着打扫这个地方，她还用切尔涅茨基先生给她的一部分钱买了一些生活必需品，诸如地毯、木质餐具、椅子和床之类的东西。

安德鲁告诉老妇人，自己名叫安德鲁·科瓦尔斯基。他跟扬·康提决定改用这个最普通的姓氏，这个姓氏本身含有"铁匠"的意思。此外，炼金术士跟他侄女知道他们一家是滕辛斯基家的亲戚，答应为他们的真实身份保密。

等房间里只剩他们一家三口时，他们插好门闩，切尔涅茨基先生松了一口气，对妻子说："好啦，老婆，这里的条件比我们想象的好多了。"随即，他把那个珍贵的圆包裹放在大房间的桌子上。从扬·康提的小屋出来之后，这个包裹他就一直抱着，没离过手。

"这里最大的好处是我们很安全，房门厚重，楼房正面是石砌墙，若有人想从屋子后面翻墙而入，那非摔个半死不可。实际上，那是寺庙的一面墙，除了修道士谁也不允许出入。我们楼上住的是炼金术士克罗伊茨，下面住的是老妇人跟她儿子，他们两个负责照看整栋房子，晚上还负责看守大门。

"对面住着几个学生，其中一个就是跟我们同路回来的约翰·特林。那些追踪我们的人怎么也想不到来这里找我们。而且，我们还改了名字，这也是对我们的一种保护。我们可以安心地住在这里，等国王回来。"

切尔涅茨基先生原本想继续往下说，却突然被门外传来的奇怪声音打断。那声音像是一个沉甸甸的东西在缓慢而费力地移动。切尔涅茨基太太吓得低声尖叫了一声，切尔涅茨基先生则伸手抓起短剑，约瑟夫却突然哈哈大笑起来。

"是我的狼狗在蹭门呢，"约瑟夫笑着说，"它又累又饿，肯定是想喝点水。楼下院子里有口水井，我去给它打点水，然后让它睡在墙脚。明天我去找链子或者绳子把它拴好。它很粗野，在外面四处乱跑会惹麻烦的。"说完，他去篮子里找到了一小块肉跟一片面包，然后带着狼狗和食物下楼去院子里了。院子里黑漆漆的，切尔涅茨基太太在楼上举着灯笼帮他照明。他打了水，还把狼狗安顿到墙脚睡觉。

等约瑟夫跟他妈妈返回屋里时，爸爸正在铺床。那个贵重的包裹已经藏起来了。约瑟夫睁着一双好奇的大眼睛，把大房间的每个地方都扫视了一遍，最后断定这间屋子里唯一能够藏宝的地方就是床了，要么藏在床底下黑咕隆咚的地方，要么藏在被褥里或者枕头下面的衣服堆里。

不过，约瑟夫对宝物的藏身之地没有琢磨很长时间，虽然下午睡了一觉，但他还是觉得眼皮沉重。他的头刚靠在当作枕头的包裹上，整个世界仿佛消失了——他睡着了。

第二天，一家人早早就起床了。约瑟夫的妈妈忙着擦拭木质家具。约瑟夫的爸爸也忙个不停，一会儿给劣质椅子钉上钉子，一会儿修补墙上的裂缝，随后又去检查外面的旧楼梯，看看自己能不能把它修理好。白天的这一通检查之后，他心里稍微放心了一些，楼梯虽然如他原本以为的一样摇摇欲坠，但经检查后发现，它的基础比之前想象的要坚固。使用楼梯的人要是不粗暴地踩踏，这个楼梯或许还能用上好几年，毫无疑问，目前不会什么有危险。昨天晚上切尔涅茨基先生还为此担心呢。

住在楼下的老妇人给他们一家送来了早饭。吃过早饭，约瑟夫就赶早牵着他的狼狗跑去了鸽子街，他给狼狗起名叫"伍夫"。白天的鸽子街不像晚上那样阴暗瘆人。那些椭圆的小窗户晚上看着犹如一双双邪恶的眼睛，凝视着街道，现在却仿佛快乐的小精灵或花仙子的眼睛。那些房子在黄昏中，甚至在夜晚灯光的照耀下看上去怪异、恐怖，白天看上去只是歪歪扭扭不规则，有的向外突出，有的朝内弯曲，奇形怪状的。一楼所有的窗户都安着粗重的铁栅栏，门上都安着粗大的金属铰链，仿佛坚硬的木头表面铺展着一根根藤蔓。每当有人进出的时候，门上的铰链就会发出哗啦哗啦的响声。一些窗户外面还晾着女人的衣服、男人的长裤、夹克，时不时还能见到大学生穿的黑袍，简直琳琅满目。约瑟夫被这条街上的新鲜事物深深地吸引了，他满怀好奇，从街头到街尾往返了很多次。

鸽子街的最北端在路面上形成了一个急转弯，与通往市集广场的十字街相连。最后，约瑟夫带着他的狼狗一路跑到这条名为布拉卡的十字街上，然后便顺着原路返回他们安了家的房子。他气喘吁吁地爬上楼，推开外面房间的门，正要像往常一样兴高采烈地大声跟爸妈打招呼，却突然闭了嘴。因为他看见一个陌生人正站在屋里跟他爸爸说话。这个人面容和善，身上穿着皮衣——有点像守夜人穿在铠甲里面的那种衣服。他们面前的桌子上放着一支长管铜号，做工精巧，被擦得明光锃亮，就像金子做的一样。

铜号的旁边放着两张羊皮纸手稿，其中一张显然是一篇很长的文章；而另一张——约瑟夫看到了，是用红笔和黑笔工工整整抄写的一张乐谱。

陌生人首先指着写满文字的手稿说："这张是你刚才宣誓的内容，另外一张就是《海那圣歌》的乐谱。你每天晚上，每个小时都要在教堂的塔楼上用铜号吹奏一次这首圣歌。今天晚上跟你交班的吹号手会把塔楼房间的钥匙交给你，并跟你交代一些应该注意的事情。吹奏《海那圣歌》是一项神圣的工作，很高兴扬·康提神父找到了你这么优秀的波兰人来值夜班。"说完，陌生人在切尔涅茨基先生的右侧脸颊上亲吻了一下就离开了。

约瑟夫瞪大了眼睛，丝毫不掩饰自己诧异的表情。《海那圣歌》！教堂塔楼！他爸爸！

"听我从头至尾把这件事告诉你吧，"他们坐下来吃午饭的时候，安德鲁对儿子说，"按照惯例，圣母玛利亚教堂的每一位夜间吹号手都要宣誓，我刚才念的就是这段誓言。你有空的时候也可以看看这段誓言。这份乐谱就是为这首戛然而止的圣歌配的乐曲，我答应马上给你讲述关于圣歌的故事。这首乐曲要求吹号手站在塔楼顶上那个八角形房间的窗户前每个小时吹奏一次。"

"所以，您要当吹号手吗？"约瑟夫问道。

"是的，多亏了好心的扬·康提。"切尔涅茨基先生回答道，"我不仅是那里的吹号手，而且还要守夜。因为人站在塔楼上，能将整个城市尽收眼底，如果发生火灾，我立刻就能敲响大钟及时报警。目前为了安全，我们在外人面前必须用扬·康提神父替我们改的新姓氏'科瓦尔斯基'。以后，我们就是科瓦尔斯基一家了。作为普通的安德鲁·科瓦尔斯基，我只是克拉科夫城一个普普通通的市民。我将担任吹号手，接替教堂原来那个吹号手。一个星期之前，他去世了。愿上帝让他的灵魂安息！他死之后原本有一个人接替他，但那个人吹得很糟糕。"

"可是刚才那个人说夜里每个小时都要吹号，"约瑟夫激动地大声说，"难道您整个晚上都要待在那里吗？"

"对啊，"切尔涅茨基先生回答说，"出于我自身的安全考虑，我只能天黑以后出门，那个时候没有人能认出我来。而你，我的孩子，好心的神父已经安排你到这里的米纳斯学院继续你未完成的学业，之前我和你的家庭教师已经教了你一些知识。不过，你在那里也一定要谨言慎行，因为有人一心想找到我们，把宝物从我们手里抢走。虽然你很快就会跟其他男孩子玩到一起，但在外面要多留个心眼。回头穿上我给你买的新衣服，我想你就不会因为衣着打扮被人认出来了。一定要管住自己的嘴巴，不要跟任何人说起我们的事情。眼下，好好做一个普普通通的约瑟夫·科瓦尔斯基。"

就这样，在好心的扬·康提的安排下，切尔涅茨基先生变为科瓦尔斯基先生，约瑟夫被送往学校上学，而圣母玛利亚教堂的瞭望塔将迎来一位新的吹号手。

切尔涅茨基先生话音刚落，就看见小姑娘伊丽莎白·克罗伊茨下楼跑进他们的房间，直奔约瑟夫的妈妈而去，切尔涅茨基太太则一把将她抱在怀里。"我们在这里会过得很开心，"女人高兴地大声说，"我知道的。还有，这个孩子需要妈妈的疼爱。"女孩扭过头微笑地望着切尔涅茨基先生。看着她的眼睛，切尔涅茨基先生表情变得柔和起来，随即牵起小姑娘纤细娇嫩的小手亲吻了一下。一只纤巧的小白手放在他那黝黑的大手掌上，就是一幅不折不扣的画作。

"我叔叔跟我说，"伊丽莎白对他说，"您要到教堂当吹号手了。我晚上睡不着，莫名其妙地感到孤独或者害怕时，就经常聆听教堂塔楼传来的小号声。现在我知道吹奏的人是约瑟夫的爸爸，就能很快睡着，什么也不怕了。"

"我现在仿佛有了两个孩子，"切尔涅茨基先生高兴地说，不知不觉中一只手搂着伊丽莎白，另一只手搂着自己的儿子，"看来上帝真的又一次眷顾我们了。"

第六章

吹号手的塔楼

　　坐落于克拉科夫城的圣母玛利亚教堂是中欧最壮观的景观之一，即便在很久之前，世界各地的人也都会慕名前往，一睹它的恢宏气势。现在，这座教堂庄严地耸立在这座中世纪古城之中，远远地就能望见它的两座塔楼，红色的砖墙跟瓦维尔山的石头一样稳固结实。不过，从外部望去，它并不如更有贵族气息的姐妹教堂瓦维尔教堂那么庄严雄伟、奢华气派。圣母玛利亚教堂没有飞扶壁，也没有典型的哥特式装饰——比如石制的巨型兽状滴水嘴、雕花、圣像等。不过，它优雅的外表彰显了一种坚如磐石、宏伟壮丽的力量感。它也不同于被微风吹拂、暖阳照耀的法国大教堂，它的外墙没有精制的雕花和小尖塔。可是，它犹如一座坚固的堡垒，可以抵御从荒漠草原或波罗的海朝着波兰席卷而来的暴风骤雨。然而，真正吸引人们前往参观的是教堂的内部装饰，美轮美奂，堪称奇迹，犹如一块外形美观的石头里藏着的一颗晶莹剔透的水晶。

一家三口搬到新居后的第一天，夜幕刚刚降临的时候，切尔涅茨基先生便带着约瑟夫去了这座教堂。切尔涅茨基先生将小号夹在右侧胳膊底下。他们快到塔楼脚下时，教堂的守夜人把父子俩仔细打量了一番，才打开了那扇通往塔楼楼梯的厚重小门。他们沿着狭窄的楼梯在黑暗中摸索着盘旋而上，最后来到了一个平台。此时此刻，塔楼的内部装饰赫然展现在他们头顶。他们开始爬上塔楼主体时，约瑟夫发现平台右侧开着一扇门，通向一个小礼堂。后来他才得知，那里是死刑犯行刑前度过生命最后几个小时的地方。

一个手提灯笼的人在上面朝他们大声叫喊，于是他们停下脚步等着那个人下来。原来那个人正是白天值班的吹号手，切尔涅茨基先生就是要从他手上接班守夜的。那个人下来后，吻了吻切尔涅茨基先生的脸颊以示欢迎，并简单介绍了一下在塔楼上需要做的事情。随后，他把手里的灯笼和一把钥匙交到切尔涅茨基先生手里，那把钥匙就是塔楼上吹号手值班房间的钥匙。他祝福父子俩第一次值夜班一切顺利，随后便顺着楼梯下到教堂一楼，守门人开门让他出了教堂。与此同时，父子俩开始登上通向塔楼的脚手架，这个脚手架用横梁固定着，四边都搭着台阶，这样设计的目的是人上塔楼的时候，总能从它四周的任意一面走到另一面。这段楼梯又陡又窄，不过非常坚固，人踩在上面不会发出嘎吱嘎吱的响声。

他们沿着楼梯爬啊爬，经过了五层镶嵌着白色小水晶球的玻璃窗。父子俩往上爬，再往上爬，终于来到了吹号手值班房间所在的楼层。这个八角形的房间分成两部分，一部分是供吹号手休息时取暖的小房间，另一部分是小房间四周的露天空间，透过塔楼窗户可以俯瞰整座城市。这里挂着几把备用的小号，还垂着几根绳子，绳子的另一头连着更矮的那座塔楼上的大钟。这里还有几面红旗和几个灯笼，是吹号手在塔楼上发现火情的时候挂出来发警报用的。

时刻监视火情也是吹号手的一项职责。同时，他还要监视城市附近的军情，监视城里任何形式的暴动和骚乱。不过，最主要的任务还是监视火情。大火已经给这座城市带来了太过惨重的损失，因为很多老建筑都是木质的，就算正面墙壁是石砌的，但房顶铺的不是茅草就是软木，遇上一点火星就会引起大火。吹号手兼看守人发现火情时，就要在火灾发生方向的那个窗口挂起红旗。要是火灾发生在夜晚，就挂起用红玻璃罩着的灯笼。

一旦出现威胁市民生命安全的危险，吹号手还有责任敲响警钟。就在切尔涅茨基先生一家来到克拉科夫城的前一个月，这里的吹号手发现了针对滕辛斯基一家人的暴乱，于是把警钟很响亮地敲了很长时间，给看守人和整个城市发出警报。明年，煽动那场暴乱的四个人将在塔楼正下方的广场被执行死刑，届时也要敲响警钟。事实上，这座塔楼就是克拉科夫城的活动中心。

切尔涅茨基先生把钥匙插进里面小房间的锁眼里，把门打开后反身插上了门闩。约瑟夫跟在他爸爸后面进了屋。他发现这个房间虽然不大，但很舒适，里面有一张桌子、一张床、一个小炉子，墙上还挂着一个亮着的灯笼。桌子周围摆放着三把椅子，由于空间狭小而紧紧地挤在一起。桌上放着一个大型计时沙漏，约瑟夫还是第一次见到这么大的计时沙漏呢。沙子犹如一条涓涓细流，不断地往下漏，快要漏到下面玻璃上标着罗马数字"X"的位置了，意思是马上就到第十个小时了。实际上这个玻璃沙漏是十二小时制的，上面的刻度和罗马数字是工匠在沙漏已经吹制定型、玻璃材料硬化之前刻上去的。吹号手就是以这个沙漏的时间为准来吹号的。在教堂中殿屋顶的南边——白天全天都有阳光照射的一个地方——有一个巨型日晷，用来校准每天正午的时间。塔楼的北面墙上挂着一面挂钟，上面只有时针一根指针。这根指针的确名副其实，是一个金属打造的握紧的拳头，食指伸出来指向时间刻度，其余四根手指弯曲着。

当沙子漏到沙漏上"X"的位置时，切尔涅茨基先生迅速走到塔楼的露天区域，解开捆在中间柱子上的一根绳子。这根绳子穿过地板上的一个小洞一直垂到矮塔上，矮塔上有一个圆木滑轮，绳子绕过圆木滑轮穿过墙上的一处开口通到矮塔里面。那处开口本来设计的是一扇窄窗，是敌人入侵的时候弓箭手用来射箭的。一个铁锤悬挂在矮塔里那座大钟的上方，铁锤的一头连着那根绳子。绳子一拉，铁锤就降下来敲响大钟；绳子一松，铁锤就迅速弹回原处。其中用一个金属和皮革拗成的弹簧作为缓冲。切尔涅茨基先生拉了一下绳子，铁锤下降了。喤！钟声响彻整座城市的上空。他一下又一下地拉绳，直到大钟敲响了十下。

随即，他来到距离小房间门口最近的那一侧，推开一扇小玻璃窗，从窗户里伸出小号，开始吹奏《海那圣歌》。这是塔楼的西边，面朝纺织会馆方向，远处就是克拉科夫大学。随后，他来到另一个朝向南边的窗口开始吹奏。同样地，他按照值白班的那个吹号手的叮嘱，先后朝着东边和北边吹奏了一遍。此时，他脚下的整个城市已经灯火闪烁，和风习习，空气中弥漫着新鲜稻草的清香——农民们刚刚把割好的稻草堆成草垛。这时，从克拉科夫大学方向传来一群人唱诵圣歌的声音。格罗兹卡大街的石板路上传来铁蹄声，表明武装人员正路过此地，骑马的要么是城堡里贵族大户的护卫队，要么是皇家卫队。巡夜人用长矛的矛柄梆梆梆地敲击着各个店铺的门面，挨个确认大家是否关门闭户，有没有学徒或仆人忘了锁门。塔楼下面墓园里的白石隐约可见，在夜色中显得阴暗、惨淡。抬眼望去，点灯人正在给纺织会馆屋檐下的灯笼点燃大灯芯。在带着一点蓝色的夜空中，星星一颗接一颗地亮起来。切尔涅茨基先生刚刚吹奏的《海那圣歌》的悦耳旋律响彻夜色笼罩的世界。

"真是太好听了！"约瑟夫赞叹道。

"是啊，孩子。"切尔涅茨基先生回应着。借着此情此景，做爸爸的向儿子讲述了下面的故事。

许多年以前的一个早上，他们脚下的广场上挤满了鞑靼敌军。有一个少年直至生命的最后一刻，依然坚守誓言，拼尽最后一口气吹奏《海那圣歌》。从那天起一直到今天，后来的吹号手吹奏《海那圣歌》时都在少年吹号手生前吹奏的最后一个音符处终止，以此向少年致敬。

约瑟夫听着听着，不由得眼里闪着泪光，心脏怦怦直跳。这一刻，他比以往任何时候都更加珍爱自己的祖国，更加珍视英勇的先辈们流传下来的所有风俗传统。正是他们的努力，让祖国在所有国家中实力最为强大。他站在塔楼小小的窗户前，静静地望着窗外，想到许多年前那个逝去的年轻生命，他的眼泪就不由自主地涌上眼眶，但当他想到那个年轻人的高尚行为时，一股民族自豪感油然而生，眼泪又收了回去。

然后，父子俩回到了吹号手休息的里屋。

"今天晚上我带你来这里，"切尔涅茨基先生关上门，把小号挂到墙上之后，对约瑟夫说道，"是为了让你了解一下这座教堂的吹号手的职责。万一哪天我生病了，甚至受伤了，你就可以来替我。这事谁说得准呢？毕竟我有那么多敌人。我已经宣誓每个小时吹响一次小号，你从刚才我给你讲的故事中就能知道，这可不是空口白牙、无关紧要的誓言。不论发生什么事情，务必准时吹响小号。所以，"他拿出一张羊皮纸，用一支炭笔在上面画了几条线，"你要用心记住我画过的这些音符。"

"这是《海那圣歌》的曲谱，"他默默地在曲谱上写着什么，几分钟之后继续说，"主旋律是这样的。"他一边哼着调子一边指着羊皮纸上的曲谱，教儿子每个音符代表什么乐音。

他还对儿子说："你一定要学会这个，接下来的一个星期你要努力学习，一个星期以后的这个时候你要能把它默写出来。不过，不要因此影响了你在学校的功课，有空的时候你就瞄一眼。同时，如果可以，你可以在心里默默地哼唱《海那圣歌》的主旋律。等你把旋律记住了，我就教你怎么用小号吹奏出来。这不是什么难事。不过要想吹得好，肯定要下苦功夫。我会教你单吐法、双吐法和三吐法，这可全都是吹号手演奏铜管乐器时的女王级本领，就像语法是经院哲学王国里的国王一样。"

约瑟夫把羊皮纸塞到了衣服里面。

"现在，"爸爸说，"你赶快下楼回家吧。下去之后，把灯笼挂到一楼的墙上。一定要记得把灯芯吹灭。你妈妈正在等你，说不定她已经感到孤单了呢。"

"不会的，我让伊丽莎白去陪她了。"

"愿上帝保佑那个孩子。不管怎么说，你还是赶紧回去吧，夜晚城里的街上不安全，一路上尽量紧跟着巡夜人。要是别人问你为什么这么晚还在外面，你就说你爸爸是塔楼里的吹号手，你回家是要给他带个口信。"

　　约瑟夫下了楼，把熄灭的灯笼放在脚手架的台阶上，然后踩着石阶往下走，在黑暗中摸索着来到了塔楼门口。他敲了一阵子门，守门人才过来开门让他出去。一来到大街上，约瑟夫就像风一样狂奔起来，一路跑回了鸽子街。

　　令他吃惊的是，给他开门的并不是看管这幢楼的老妇人，而是她的儿子，在此之前这个人压根没露过面。约瑟夫借着灯光看到了他的脸，不禁惊惶地往后退。他爸爸之前跟他说过，老妇人和儿子住在一起。那时候他就这样猜想，这个儿子应该是个年轻人，说不定还是个小孩呢。他压根没想到，自己看到的竟然是个中年人。不过，与其把他叫作"人"，还不如把他叫作"怪物"，因为他瘦长单薄，背驼得厉害。几绺长长的头发遮挡着眼睛，手指瘦骨嶙峋，跟爪子一样。两侧脸颊塌陷下去，两只眼睛从凹陷的眼眶里眯着朝外面看，好像怕光似的。他一只手提着灯笼，走在约瑟夫的前面。他走路时像猫一样贴着墙壁，而不走开阔的地方，提心吊胆的样子仿佛一直在担心有人会从后面偷袭他似的。

他在楼梯口停下了脚步。

约瑟夫正要绕过他爬上楼梯，突然，这个怪物举起一只手按住了约瑟夫的肩膀。约瑟夫听到他长长的指甲在自己衣服上刮擦的声音。那一瞬间太可怕了，他似乎感觉到那双手的指甲已经直接刮到他的皮肤上。他不禁前额冒出了冷汗。

"你想干什么？"

"几个……几个硬币就行。"男人小声地说。

约瑟夫痛快地给了他一个铜板。

"好孩子……真是个好孩子，"男人嘟囔着，"愿上帝保佑你，愿上帝保佑你。哪天你挣大钱了，千万别忘了斯塔斯。斯塔斯就是我，我就住在那里。"他一边说，一边用手指指着一楼敞开着的一扇门。不过约瑟夫并没有往他指的方向看，他的注意力突然被一束跳跃的火焰吸引了，火焰是从四楼炼金术士阁楼的小窗户迸发出来的。只是一点摇曳的火焰——从敞开的百叶窗钻出来的一条小火舌，通常情况下炼金术士是不打开这个百叶窗的——在一秒钟甚至更短的时间内就灭了。但就是这一瞬间，整个院子和周围的建筑物全都被照亮了。

"嘿，"斯塔斯指着楼上说，"瞧，他们会魔法，可以把一个人的灵魂从他身体里面夺走。看见了吗？"这时候阁楼里又钻出一条火舌，比之前的更亮，持续的时间更长。斯塔斯突然举着灯笼凑近约瑟夫的脸，吓得他直往后缩。"就是那个叫特林的学生！他跟魔鬼做交易，出卖了自己的灵魂。我听见过他夜里不睡觉，在院子对面的房间里叽里咕噜，又是叫又是唱的。他就是这栋房子的祸害……好了，我得睡觉去了。晚安。"说完，他便走进那间敞开房门的屋子里了。

第七章

炼金术士的阁楼

约瑟夫一回到自己的小卧室就困得不行。无论是楼上阁楼里的火光，还是神神道道、牢骚满腹的斯塔斯，他都没有心思再去细想了。第二天，约瑟夫就要开始在米纳斯学院的学习了，所有不那么重要的事情都暂时被他抛在了脑后。然而，大约一个星期之后的一天晚上，同样的事情再次发生。那天，跟往常一样，约瑟夫陪着他爸爸去了塔楼，之后早早地就回了家。进屋之前，他站在门外的楼梯平台上待了一会儿。夜色很美，他四处张望着，看见了星光下的屋顶，看见了红色的烟囱，还看见了黑色的墙壁，一种心满意足的感觉涌上心

头。"伍夫"睡在约瑟夫的脚下，它在睡梦中心神不安
地跳了起来，仿佛正在做噩梦。从他卧室隔壁房间的小
窗户可以看见一盏灯在黑暗中闪着微光，说明妈妈还没
睡，伊丽莎白可能正跟她待在一起，白天她说过晚上要
过来的。

夜色如此甜美、静谧。此情此景，和别的年轻人一
样，约瑟夫不禁陷入了沉思。他特别想知道爸爸大老远
带到克拉科夫的那个非常珍视的宝贝会是什么。有可能
是一块价值连城的宝石吗？或者只是一块形状独特的玻
璃，只有做玻璃生意的商人才觉得有价值呢？可是，为
什么扬·康提对它也如此重视呢？为什么那个鲁莽放肆
的骑手如此急切地想要将它占为己有呢？在如此和平的
时代，他们一家为什么一定要改名换姓，为什么只能在
夜色的掩护下生活呢？为什么？

唰！夜色中突然划过一道火光，这火光他见过，就
在和斯塔斯单独在院子里的那个晚上，当时他还吓了一
大跳呢。只是这次，这道火光出现之后，还传来了一声

尖叫，似乎是人因为惊吓或者疼痛而发出的声音。

　　三楼的房门突然被推开了，一个白色身影匆匆跑下楼，人影靠近后，约瑟夫才看清这人是身穿睡衣的伊丽莎白，她身上罩着从床上扯下来的一条白色被单。

　　他立刻就开口了，怕等伊丽莎白下来时自己再吓着她。

　　"伊丽莎白，"他说，"是我，约瑟夫。发生什么事了？"

　　"是我叔叔，"她大叫着，"约瑟夫，我不知道他们在做什么。"

　　"我还以为你跟我妈妈在一起呢。"约瑟夫惊讶地大声说。

　　"本来是，可是后来我太困了，她就催我上楼睡觉了。我也确实睡了一会儿，后来就被阁楼上的大声说话声和响动吵醒了。"她凑到约瑟夫身边，"约瑟夫，我好害怕。楼上肯定发生了什么不好的事情。那个叫特林的学生这段时间总是跟我叔叔待在一起。他晚上很早就来了，然后他们两个一直待在楼上。我叔叔以前晚上从来不会上阁楼那儿去，他总是陪着我。约瑟夫，我害怕那个特林。"

"我能体会你的感受。"约瑟夫说道。

"我觉得他身上有一股普通人没有的邪气，可以控制别人，"伊丽莎白继续说，"你不知道我叔叔自从认识他以后变化有多大。我总是孤孤单单地自己一个人待着。"

"今天晚上你都听到了什么？"约瑟夫问她。

"我被阁楼地板上重重的跺脚声吵醒了，然后就听见我叔叔说'不行，那样会出人命的'，接下来就听到特林哈哈大笑起来，笑声听上去很恐怖。后来的很长一段时间，我都没有听到任何声音。我差不多快要重新睡着的时候，突然又传来了人说话的声音，那个声音我之前从来没有听过。我觉得像是我叔叔在说话，可是说话的那种口气让我毛骨悚然。而现在又钻出来几道火光。约瑟夫，你能不能帮帮我，替我上楼从小窗口去看一看？别让他们看见你，也别待太长时间。尽快下楼告诉我，我叔叔是不是还活着？是不是没事？"

"我这就去。不过，你得先去我家找我妈妈。要是你愿意，今天晚上住在我们家吧。等明天我再问问我爸爸该怎么办。"

说完，他敲了敲自己家的门。不过，还没等他妈妈过来开门，他就顺着第二段楼梯往上跑，踏上了通往阁楼的简陋木梯的第一块木踏板。这段楼梯要比下面的楼梯陡很多，于是他牢牢地扶着旁边的栏杆一步一步往上爬。实际上，黑咕隆咚中爬这段楼梯让他感觉有点头晕目眩，但他还是灵巧地爬到了阁楼的楼梯平台上。他发现自己只能从推开的百叶窗的一角往里面瞧。还好百叶窗是开着的，如果像平时一样关着，他就什么也看不见了，因为窗玻璃上全是凹凸不平的小圆块，不平整，没有上过釉，而且窗格是铅制的。他偷偷地从窗缝往里看，同时紧紧地抓住楼梯的栏杆，一只脚挨着楼梯最上面的台阶，一旦察觉到屋里的人发现了外面的自己，他就可以迅速往楼下跑。

看到屋里的第一眼，他便吓了一大跳。他看到天花板上吊着四个铜盆，铜盆里面的油正在燃烧，整个阁楼像着了火一样光芒四射。为了防止屋顶被点燃，铜盆上方放了几层金属隔板，每层之间留有空隙，这样，金属隔板之间就有空气流动，可以让温度降下来。靠近约瑟夫偷看的窗口的地方吊着第五个铜盆，此刻这个盆里并没有燃烧。不过，之前照亮整个院子的火光就是从这个盆里冒出来的。确切地说，是炼金术士往盆里的木炭上扔了一把粉末后快速燃烧发出的光亮。

阁楼比约瑟夫之前想象的要高，里面只有一个宽敞的房间，因为从对面房间的窗户可以看到这栋房子外墙的几个百叶窗。房间中间靠后的位置上立着一个橱柜，约瑟夫觉得里面放的是克罗伊茨先生最贵重的物品，因为柜子上不仅挂着一把大锁和一把钥匙，柜子四周还缠着链条。屋顶的横梁稍微有点倾斜，但足够高，完全不影响高个子在里面活动。做横梁的木材也不是阁楼常用的原木，木材表面涂了一层厚厚的白漆。

房间正中间立着一个实验用的三脚架，上面架着一个铁盆，铁盆里在烧东西，发出一股刺鼻的味道。

炼金术士身穿黑袍，学生特林穿着皮上衣，两个人肩并肩地坐在那个铁盆前面，眼睛盯着盆里发出五彩火焰的东西。

约瑟夫听到炼金术士对特林说："按照你说的方法做实验太耗费精力了。这种方法我的确感兴趣，也知道它有自己的优势和魅力。不过这毕竟不是我所擅长的领域。我是一名炼金术士，最重要的任务是通过观察不同物质之间的相互作用来探寻真理。我把醋、糖和小苏打混合在一起，它们立即冒泡发生反应，产生一种新的物质。而我把铅、银和铜三种金属熔化成液体混合在一起后，就形成了一种新的金属。"

"这些变化难道不受到天上星星位置的影响吗？"特林反问道。

"是，也不是。我承认，海上的潮汐受到月亮和太阳引潮力的影响，庄稼收成的好与差依赖四季的气候变化，而季节的变化又受到天体运行的影响。不过，其他事情我就不清楚了。再说，我不是占星师，而是炼金术士。对于各种天体都有什么样的影响力，应该由那些专门研究天象的人去探索和发现。"

"可是，我们人的行为跟命运难道不也是由星星决定的吗？"

"这个问题就交给魔法师跟巫师去解答好了，同样，那个用猫爪、鹰眼和死人的手制成混合物的可怕的魔法也得让他们来解释。"

"可是，"特林穷追不舍，继续问，"您也一直在寻找长生不老仙药，不是吗？"

"事实上并不是，"炼金术士回答道，"尽管我承认自己对这个很好奇。如果说世上的万事万物都处在变化之中，那么，人一旦掌握了逆转生命进程的法则，不仅可以体验由年少变衰老的变化，也可以经历返老还童的变化。就这一点来说，我并不怀疑有人能够重返青春。

不过，我对这个感兴趣并不像那些虚度光阴的人一样只是希望重新活一次，活得更好。”

“关于点金石，您怎么看？”约瑟夫注意到，提这个问题时，特林的语气发生了明显的变化。他的眼睛里闪烁着贪婪的绿光，明显地把拳头攥紧了。

“这个嘛，”炼金术士回答说，“的确，很多人都在寻找点金石。对那些既迷信又无知的人来说，点金石不过是一种具有魔法的物质，只要用它碰上一碰，所有东西都能变成金子。古时候的迈达斯国王就会点金术。但对我们这些搞研究的学者来说，很显然，重要的是点石成金的过程，而不是结果。”

“怎么做？怎么做？”特林急不可耐地追问，身子不由自主地往前倾。

“众所周知，世界上的每一种物质，比如黄铜、纸或者玻璃，本身都具有特定的属性。我们的知识之父阿基米德不是早就证实过吗？他把不同的物质分别扔进水里，发现溢出来的水量各不相同。金子是一种物质，黄铜也是一种物质，二者置于火、水、气、土四大元素中都易于改变。火能够熔化物质，水能够改变物质的颜色或者将其分解，气能使物质变硬，而土能够使物质变黑。如果我们能够消解四大元素之间的不同之处，那么把黄铜变成金子或者把金子变成黄铜就不是不可能的事情。"

"那您为什么不坚持下去，破解这个秘密呢？"

炼金术士深深地吸了一口气，说："因为我还有更感兴趣的事情要做。虽然我只是一名炼金术士，但我很关注物质背后的精神问题。我想知道生命本身是不是一种物质，人与人之间的差别和金属与金属之间的差别有什么不同。我想探寻地球的奥秘，揭开天体的密码，我还想破解灵魂的秘密，以及怎么去帮助那些天生身体有缺陷的人，并拯救他们的灵魂。如果可能，我还想知道地球的构造和季节交替的原因，凡此种种。我想知道星星为什么会发光，大海为什么会波涛汹涌。上帝赐予了我一个不断寻求真理的大脑，每当我探索存在于我们身边方方面面的真理时，我都感觉是上帝在指引我。"

这时，特林凑近克罗伊茨，压低嗓音，不过声音还是透过窗子清晰地传到了约瑟夫的耳朵里。

"您真是太傻了，克罗伊茨先生，"他说，"您作为我们这个时代最杰出的学者和炼金术士，却把时间浪费在这些所谓追求上，放弃近在手边的一个大得多的宝贝。"

"你的意思是？"

"您知道我说的是什么。至今为止，知道您和我做这个实验的人少之又少。"

"我知道，可是我真的拿不定主意。你劝我做的事情有些是我不喜欢的，不过在这些事情上你的确懂得比我多，你是老师，我是学生。就在刚才，你让我进入了催眠状态，让我体验了平日里见所未见，闻所未闻，甚至知所未知的东西，那时候我就知道你不一般。可是，这样的实验虽然让人着迷，但可能对人有害。我相信，在德国的纽伦堡，还有黑森林的偏远地区曾经有人做过这样的实验。不过在克拉科夫城，对这类实验我们一直都持谨慎态度。"

炼金术士凝视着火焰，特林就坐在他旁边。听完这些话，特林斜眼看着炼金术士，眼神中透露着恶意，让约瑟夫看了不寒而栗。约瑟夫的脑子里突然闪过两个字"魔鬼"，特林就是来自黑暗世界的一个真真正正的魔鬼，处心积虑蛊惑别人上当受骗。

不过，他那恶毒的眼神转瞬即逝。"克罗伊茨先生，"特林重新开口说，"那些住在纽伦堡老城的老师告诉我，人实际上有两个大脑。其中一个掌管智慧、力量和权威。然而，人只有在睡眠状态下——就是之前我把你催眠时——它才发挥作用，人们才知道它的存在。另一个大脑层次相对较低，负责掌管我们的日常生活，告诉我们何时吃饭、何时工作、何时休息。"

"这些你已经向我证明过了。"炼金术士说。

"那就启用一下您那个层次更高的大脑。"特林用命令的语气说。

"干什么？"克罗伊茨问道。

"用来完成所有人都想达到的目标。点石成金！"

特林说最后这个词语时加重了语气，约瑟夫听到后不禁打了个寒战。

"金子对我来说并不是那么重要。"炼金术士回答说。

"很重要——很重要的——当然很重要了！"特林再三强调，"只是您还不知道金子能给您带来什么好处罢了。只要掌握了点金术，您和我就能成为世界之王。我们可以住世界上最豪华的宫殿，拥有无数奇珍异宝，还可以像最富有的商贾之子一样游遍整个欧洲大陆。军队任由我们调遣，我们可以让每一个人都服从我们的意愿，听从我们的命令。"

特林沉浸在自己用幻想和欲望编织的美梦里无法自拔，一时间忘记了坐在身边的炼金术士。但当他瞥见克罗伊茨脸上并没有什么反应时，就狡猾地话锋一转，继续劝说他。

"想想吧，当一名炼金术士您能干什么？这个阁楼是您最理想的实验基地吗？就凭这些破旧的实验器具，您怎么可能研制出想要的新物质，又怎么能够验证您的那些物质转换法则呢？有了点金术，您就能成为波兰——不，全世界最伟大的炼金术士。您可以拥有一个比这个破阁楼大十好几倍的工作室，里面用来研究炼金术的设备工具应有尽有。什么东方的商品、无价的宝石，您全都有办法弄到手。难道这些您还不动心吗？"

这一次，他的话打动了炼金术士。"你展望的美好前景，任何一位贫穷的学者都会动心。"克罗伊茨回应道，说话的声音仿佛突然看见了这些幻象似的。随后，他说话的语气变得更加热切了："可是你觉得我本人，你口中所谓我那个更高级的大脑，能破解把其他金属变成金子的秘密吗？"

"您能，我非常肯定！"特林兴致勃勃地说，几乎要绕着椅子跳起舞来，"只要您别再犯傻，别再做那个枯燥乏味、脑子不开窍的穷学究，而是全心全意、夜以继日地潜心攻克这个宇宙问题。金子——金子——金子！

那才是人人都想要的东西啊！自古以来，人只要拥有金子，就意味着人生成功了。那些自诩大公无私的伟人，其实都是伪君子，终其一生只是为了欺世盗名；甚至有些人自己欺骗自己。啊，只要有了金子——想想吧，您能为您侄女做些什么。想想吧，您能为您的大学生做些什么。您可以让克拉科夫大学，不，让整个波兰成为全世界最伟大、最令人向往的地方。"

克罗伊茨沉思了几分钟。就连年纪这么小、阅历这么浅的约瑟夫都明显感觉到炼金术士已经被特林那套危险的邪念完全说服了。实际上，此时的克罗伊茨已经开始用特林的逻辑来看待自己的生活了：自己只是一个枯燥乏味、脑子不开窍的穷学究；自己不仅困顿潦倒，而且愚蠢可笑；只要自己愿意，就可以过上更好的生活；只要自己下定决心埋头去干，就有机会为所爱的人做很多很多事情；自己之前的想法太清高、太不切实际了；自己之前把人类设想得太理想化了，一门心思要学好本领，去摘取心中所谓"知识的桂冠"。是啊，自己之前就是这样的人，一个迂腐无聊的老朽。

克罗伊茨心里这么想着，终于彻底屈服于特林了。"你说得对，我的确相信，"他叹了一口气说，"正如你说的，或许将来有一天，我们能破解点金术的秘密，成为世界之王。拥有了金子，我们就能做许多许多的事情，实现我们在这个世界上所有的愿望。我们就能接济穷人，医治病人，彻底消除我们国家的贫困。是啊，这终归是一项无上崇高的使命。我们今天夜里再重新实验一次吧？你再催眠我一次吧？"

"不了，"特林已经达到了他的目的，"时间已经太晚了，而且我不想在第一次实验后短时间之内再重复一次，也许实验可能会不如之前那么成功。明天晚上再说吧，等我们两个都恢复了元气再说。令我特别好奇的是，今天晚上您处于被深度催眠的状态时，大声说，所有占星师、炼金术士和魔法师寻找了几百年的宝贝就在您身边不远的地方。我还以为我们马上就要有什么重大发现呢。"

"唉，可惜我被吵醒了。"炼金术士遗憾地说。

"可不是嘛，我们真是太不走运了，"特林尖酸地说，"我们就快获得一个重大发现了。就在这个节骨眼上，一声喊叫把您给惊醒了。是您侄女在楼下房间发出的叫声。"

"伊丽莎白吗？"炼金术士激动地大声问道，语气中满是担心，"她为什么要大声叫喊？"

"您在催眠状态中并不是完全不出声的。您大声喊着说附近有魔鬼要杀了您——您吓得差不多尖叫起来了——之后您再说话的时候就犹如舌头上挂了一个钟摆似的。"

"我没有回应她吗？"

"没有。您重新坐回椅子上睡着了。这一次是自然入睡，因为我再问您什么问题，您就一句话也没再说了。"

炼金术士揉了揉眼睛。"说实话，我现在还是很困。"随即，他开始疑惑起来，"那个重大发现会是什么呢？这附近好像也没什么宝贝啊。一楼住着老妇人和她的傻儿子，我常用火吓唬他呢。然后是二楼，住着最近才搬来的三个可怜的逃难者。院子对面只有你和两个穷学生。不，这些人当中任何一个也不像是手里有宝贝的人。好吧，听你的，今晚就这样吧。"一听这话，约瑟夫就急匆匆地奔下了楼梯。

第八章

纽扣脸彼得

炎炎夏季悄然逝去，转眼就到了秋天。高温让维斯瓦河水位不断降低，现在只剩下一条细如丝带的水流，左右两岸的植物已经干裂枯黄。树叶渐渐由绿变黄，候鸟正在为向南迁徙做着准备，只等第一波寒潮来袭。现在，草原上每天都有车马来来往往，各地乡下的谷仓和畜棚里都已经堆满了干草。秋熟的果蔬已经开始上市，比如头茬的苹果、金黄的南瓜、晚熟的卷心菜。城市和乡村的天空都那么深邃，蓝得那么赏心悦目。世界上任何其他地方的天空都不如克拉科夫城的天空那么蓝，任何其他时候的太阳都不如初秋之时的太阳那么灿烂。

石楠花已经凋谢，约瑟夫已经学会了《海那圣歌》的整首曲谱，可以用他爸爸的小号吹奏这首短小的圣歌了。他甚至在圣母玛利亚教堂的塔楼上吹奏过一次。那天晚上，他爸爸对着塔楼的西边、南边和东边各吹奏了一次，然后让约瑟夫在北边的窗口吹奏一次。小姑娘伊丽莎白的乐感比约瑟夫还略胜一筹，早就熟悉了曲子的旋律，很快便记住了约瑟夫的曲谱。所以她不仅能哼唱《海那圣歌》，还能把曲谱默写下来，有时写在墙上，有时写在羊皮纸上。

一天晚上，伊丽莎白又来找约瑟夫的妈妈——她现在来得越来越勤了，因为她叔叔开始跟特林做新实验了。约瑟夫突然兴奋地说："用不了多久我就可以独自完成《海那圣歌》东南西北四个方向的吹奏啦！"

伊丽莎白一只手托着下巴——每当她思考或一本正经说话的时候，都做这个姿势。"我一定会认真地听你吹号的，"她说，"现在，这首用小号吹奏的圣歌比以往任何时候都能给我带来安慰。因为我每次醒来的时候，我们家里很少有别人。约瑟夫，"她非常小声地说，"你知道吗？我觉得我叔叔好像着魔了。"

约瑟夫吓了一大跳。"着魔了？着什么魔了？"

"我也不知道。但他完全不像以前的他了。他可不是神经错乱——不，完全不是。他跟以前一样聪明，也跟以前一样和蔼。但他一门心思在阁楼里忙碌着，几乎想不起我，也想不起他的朋友了。还有那个学生，约翰·特林。"

"嗯，我知道。"约瑟夫立刻回答道。

"他跟我叔叔每天晚上都一起待在阁楼上，有时候一待就待到天亮。他们说些奇奇怪怪的话，有时候我叔叔还会大声叫喊，仿佛很痛苦。我让你上楼的那天晚上你也听到了，后来就一直这样。"

"我把那天晚上听到的话都告诉我爸爸了，"约瑟夫说，"他只是说这不关我们的事，而且你叔叔一直对我们很好，他知道自己在做什么。我爸爸让我再也不要去偷看偷听了。我爸爸说你叔叔是位了不起的学者，他手头正在做的研究很可能会为他带来荣誉。"

"唉，可能吧，"伊丽莎白若有所思地说，"不过我还是更喜欢原来的他。"

从那时起，伊丽莎白越来越像切尔涅茨基先生家中的一员。她每天下午都会抱着针线活下楼到约瑟夫家的外屋，一坐就是几个小时，一边干活，一边聊天，有时还低声哼着小曲。每到下午，约瑟夫从学校回来后，两个人常常一起出去，看看城里发生的新鲜事，看看新来的商队，看看露天表演，看看一队队的骑兵跟士兵，看看行会的游行。他们经常穿过城门去郊外看那里肥沃的黑土地。每次出去，鞑靼人的那条狼狗总是跟着，有时跑在他们身后，有时跟在他们身旁，有时跑到他们前面。他们到过古老的犹太城市卡齐米日，走过维斯瓦河西边河湾上的城堡吊桥，参观过斯卡尔卡的老教堂——据说圣人斯坦尼斯拉斯就是在那里的圣坛上被杀害的。他们还去过地势高出城市的山岗——据说老国王克拉库斯就埋葬在那里。趁太阳还没落山，气温还不太低的时候，他们一起逛遍了这些地方，还去了许多别的地方。

一天黄昏，他们一起来到圣母玛利亚教堂。守门人让他们从塔楼底下的小门进去了。然后他们一直爬上了白班吹号手值班的房间，切尔涅茨基先生夜晚接替的就是这个人。他看到有伊丽莎白这样一位小淑女来探望他，感到非常荣幸，于是滔滔不绝地讲起了教堂的这座塔楼自建造之日起流传至今的许多传奇故事。

约瑟夫从桌子上拿起爸爸的小号，说："等我第一次吹奏四遍《海那圣歌》的时候，你一定要仔细听啊，哪怕我吹错了一个音符，你都要给我指出来哟。"

"我一定仔细听。"

"要是我吹错了一个音符，就把我的帽子给你。要是吹错了两个音符，我的狼狗'伍夫'就归你了。"约瑟夫微笑着说。突然，他脑子里冒出了一个孩子气的想法，"假如我一口气完整地吹完了《海那圣歌》，没在有休止符的地方停下来，那你就赶紧跑去找扬·康提神父，让他召集卫兵队，因为那个时候我肯定出意外了。"

![吹号手的诺言]

"你说这话是什么意思？"尽管约瑟夫笑嘻嘻的，伊丽莎白却一如既往地一脸严肃。

"你知道《海那圣歌》这首曲子的故事吧？"

"我知道。"她回答说。

"当年鞑靼人放火烧城的时候，那个吹号手如何信守自己的誓言，坚守在自己岗位上每个小时准时吹奏小号，直到生命的最后一刻，你也知道吧？"

"我知道。一个英勇无畏的吹号手的故事。"

"所以，"约瑟夫看到伊丽莎白的一双蓝眼睛睁得大大的，暗自得意，"假如哪天夜晚，鞑靼人或者十字军骑士再次攻打这座城市，我老远就发现他们在战火和狼烟中冲杀过来。我也能听到他们冲杀时的呐喊声和战马的铁蹄声。而那天夜晚塔楼上只有我自己一个人，爸爸不在，其他人也不在。我发现了敌人，必须发出信号，因为我自己不能离开塔楼——只能给城里的哪个人发信号，让他给整个城市的人发警报。所以，我要吹响《海那圣歌》，但我不会在有休止符的地方停下来。你知道

144

的，曲子本来不是在那里结束的。我会继续吹奏，多吹两三个音符。"

"太棒了，"伊丽莎白大声地说，兴奋得两侧脸颊通红，"假如我听你吹奏《海那圣歌》时没在有休止符的地方停下来，就立刻去找扬·康提神父。"

"好了，过来看看城市的景色吧。"约瑟夫结束了这个话题。他有点不好意思，因为他没有料到伊丽莎白会拿他的话当真。他本来只是把'用吹小号来当信号'当成一句玩笑话，可她却没当成玩笑，而是对这件事感到非常开心——通常情况下，一个年轻人与重要的人达成某种秘密约定的时候都会同样开心。在她心目中，约瑟夫是一个非常重要的人，这不仅因为他小号吹得好，也不仅因为他在学校里学习成绩好。实际上，更因为他身上有一种超出同龄男孩子的成熟稳重。

他们两个透过一扇小窗往外面望去。右侧是圣弗洛里安街，街道的尽头就是城门和教堂。这一年人们正在沿着城墙建造新的瞭望塔，从圣母玛利亚教堂的塔楼望去，就能看到弗洛里安门附近的两座塔。城里的每个行会都被指派负责一座塔，职责包括平日的修缮维护，以及外敌进攻时召集人手。弗洛里安门附近的两座塔分配给了木匠行会和裁缝行会。这两座瞭望塔和教堂之间建有许多宫殿，宫殿正中有巨大的露天围场，里面的卫兵有的在执勤，有的在待命，有的在自娱自乐——要么用铁头木棒相互敲头，要么练习击剑，要么就瞄准绑在高杆顶上的鸽子练习射箭。

虽然已到了傍晚时分，圣母玛利亚教堂正下方的集市仍旧热闹非凡，农民们准备把剩下的东西便宜卖掉，好早点回家。纺织会馆的拱廊下，人们还在一个摊位一个摊位地逛着，挑选来自东方和南方的蕾丝、刺绣和上好的丝绸。纺织会馆后面耸立着市政厅的塔楼，又叫拉图兹。塔楼前面有两个戴着颈手枷的倒霉蛋正在被当街示众，一群调皮的小孩正朝他们身上扔泥巴和烂菜叶子。塔楼左侧是方济各会教堂高高的尖顶。之后，他们来到南面的窗口，在那里看见了古老的圣安德鲁教堂的双子塔。再远处，有宏伟的石头城堡——瓦维尔城堡，它的宫殿以及教堂在夕阳的余晖中熠熠生辉。

等他们从教堂的塔楼上下来，穿过市集广场的时候，一片暗蓝色的影子正在不断延伸，覆盖了市集广场的地面。只见空地上一排宫殿拔地而起，宫墙上映衬着更多的影子，而身穿黑袍的学生和教师在急匆匆地行进，犹如行走中的影子。这些人明显全都朝着一个方向拥过去，约瑟夫跟伊丽莎白也被卷入人群，他们没有抗拒，而是顺势跟了过去，因为他们知道学生宿舍区肯定是出了什么事才会弄出这么大的动静。

黑色的身影越聚越多。最后，约瑟夫跟伊丽莎白停下脚步，在人群中费力地左推右搡，好不容易来到圣安街宿舍楼前面的一个好位置。宿舍楼背对着街道，前面是一个长满青草的开阔院子，院子正中央矗立着一座卡齐米日大帝的石像，克拉科夫大学最初就是他创建的。只见一个身穿文学硕士袍服的人站在石像的基座上，身子斜靠在卡齐米日雕像的宝座上，正在用拉丁语对聚集在他面前的学生演讲。

"我今天听人提起他了，"约瑟夫对伊丽莎白说，"他是一位著名的意大利学者，来这里给大家朗读伟大诗人的作品，也当众吟诵了他本人写的几首诗。他谈到了但丁跟彼特拉克之类的伟大诗人，还说总有一天'新学'会成为全世界的主流。他说，人类在黑暗时代待的时间太久了，自罗马帝国灭亡后，世界沦为一片荒蛮之地。只有当人类学会用自己的母语写作，并且学会自我思考的时候，这一切才能好转。"

"你真的能听懂他说的话吗？"

"差不多吧。他说的是拉丁语，我们学校所有的老师、神父跟学者都说拉丁语。在我八岁的时候，我爸爸就给我请了老师。从那个时候开始，我就花了很多时间学拉丁语。一开始，我一点也不感兴趣，因为它语法复杂。不过，当知道学好拉丁语能够让我接触到世界上最高贵的社会阶层时，我就更喜欢学了。到这里上学的几个月时间里，我们老师所有的课程都是用拉丁语讲的。

我真希望有一天自己也能流利地说拉丁语。好在，虽然不是百分之百能听懂，但我能听懂很多了。"

"那为什么这个意大利诗人不到大学里去演讲呢?"

"他或许可以。不过，这样一来他的演讲可能会引发冲突，因为大学里很多老师不喜欢所谓'新学'。我们以前的教学内容全都是伟大的亚里士多德的学问，可是我们从来没有读过他用希腊语写的原著，读的都是用拉丁语翻译过来的作品。我们的很多学术专著，老师已经用了几百年了，大多数老师都不愿意做出改变。"

此刻，那位意大利学者开始用拉丁语朗读自己写的诗。他刚刚念完，一位波兰学者就在人群的欢呼中登上雕像基座，开始用波兰语朗诵自己写的诗。

"为什么他们不全用波兰语呢?"伊丽莎白问道，"那样大家更能听懂了啊。如果我是个诗人，让我用一种除了几个学者以外再也没有人说的古老语言来写诗，想都别想。我就描写波兰和这里的鲜花，写塔楼里的吹号手，写瓦维尔城堡后面的蓝天。说真的，我喜欢你口中的'新学'。"

约瑟夫笑了笑，可是不知道怎么接话。

"而且，"小姑娘继续说，"为什么女人不能像男人一样学习'新学'呢？为什么只有男人才能读到诗人、学者这些满腹经纶的人的所有作品呢？那些作品我也想读。"

说这些话时，小姑娘郑重其事，一副智者的神态。约瑟夫刚开始有点想笑，不过看到她一脸认真的样子，再也笑不出来了。

"确实是，"他最后说，"我不知道你们女孩子为什么不能像男人一样读书，不过我确实从来没听说过有女孩子上大学的。"

现在，两个孩子穿过一条短巷，正从圣安街返回鸽子街。他们没有注意到有两个人正躲在街对面一座房子的扶壁后面悄悄地说着话。两个人都身材矮小，其中一个背驼得很厉害。那个驼背边说边把瘦长的手指放到嘴边："嘘……就是那个男孩子。"

另外那个人吃了一惊，赶紧转过身，满脸疑惑的神情。"你说他是什么时候来的？"

那个驼背不是别人，正是斯塔斯，就是跟约瑟夫同住一个院子的老妇人的儿子。他说了一个具体日期。

"那肯定是他了，"另一个人兴奋地说，"我那天看见他的时候，他穿得像个小乡巴佬，因为长时间赶路，他衣服上满是尘土。今天他穿上了天鹅绒的衣服，还戴着学士帽，倒像个小王子。不过他身材没变。你是说他就住在你楼上？"

"没错。姓科瓦尔斯基。"

"嗯，据我所知，他们应该姓切尔涅茨基。现在，看着我——看见这块金子了吧？这可是纯金，货真价实的真金，够你买好多好多美味佳肴和琼浆玉液呢。它是你的了，真正属于你自己的金子。"

当陌生人把金子放到他手里的时候，斯塔斯高兴得几乎要尖叫起来了。

"不过，你记住——不要跟任何人说起这件事，只能你知我知。我告诉你，事成之后，你会得到更多这样的金子。现在给我带路，去他们住的地方。"

两个人一路跟踪着约瑟夫和伊丽莎白，直到两个孩子站在院门口。

"就是这里。"斯塔斯说。

"很好。现在，给我盯紧了，有什么新情况及时跟我汇报。每天下午3点我都在金象客栈。不过，不要跟任何人说你是来找我的。你掌握的情况也只能告诉我一个人。记住，今天夜晚用灯笼照着那个吹号手的脸，只要能让我看清楚他长什么样子，你就能得到更多金子。听明白了吗？"

斯塔斯当然明白。一想到金子，他两个肩膀似乎都要轻声偷笑了。随即，他走进院里，立刻回到自己的房间。

与此同时，另外那个人脚步轻快地返回了客栈，在桌子前坐了下来。此刻的他心花怒放，成功找到安德鲁一家真是出人意料的好运气，简直是撞上大运了。因为即便在大街上面对面撞见约瑟夫，自己也根本认不出这个孩子了。要不是斯塔斯告诉自己，约瑟夫就是只在夜里出门的那个人的儿子，他根本就发现不了眼前的这个男孩子跟很多个星期之前的男孩子长得很像，当时那个男孩子还把自己的马踹跑了。这个陌生人就是那天自称是斯特凡·奥斯特洛夫斯基的那个骑手。

　　"那天我和他们发生冲突以后，这家人就消失了，"他坐在客栈里默默思忖着，"哪里都找不着他们，仿佛地上裂开了一道口子，把他们整个吞下去了似的。克拉科夫城其余姓切尔涅茨基的人家跟这家人的相貌特征都不相符——我已经放弃了找到他们的希望，同时放弃的还有乌克兰的一座城堡和好几箱金子。因为但凡是俄罗斯伊万大公本人做出的许诺，事成之后就一定会兑现。我也回乌克兰找过他们，可是没有打听到任何跟他们有关的消息。我的手下甚至现在还挨个城市地毯式搜捕他们，却都一无所获。同时，不知从哪里传来的一个微弱的声音传到我的耳朵里。为了证实那个说法，我又回到了这里。"

他突然握紧拳头，重重地砸了一下桌子。"大家都叫我波格丹·格罗兹内，外号恐怖波格丹，"他大声说，"不过，恐怖的人有恐怖的人的头脑。既然这次行动以幸运开始，那结局也一定会圆满。等我从那个白脸波兰人那里拿到要找的东西，一定要让他为那天在克拉科夫城门前羞辱我的事情悔恨终生。"一想到自己当天的遭遇，他眼睛里便闪过一抹仇恨的光。

正在这时，他看见了一个乞丐，思绪便拉回现实中。这个乞丐脸上缠着脏兮兮的绷带，正在客栈里挨个桌子乞讨，嘴里发出哼哼唧唧的声音。

等乞丐走近自己时，恐怖波格丹朝他伸过来的手里扔了一个硬币，低声说："你今天来晚了。"

"对不起，大人。我原本以为自己能打探到什么消息的。"

乞丐仿佛已经做好了挨揍的准备，于是做了一个自我保护的姿势，但恐怖波格丹只是微微笑了笑。

"没关系，事情已经解决了，"他低声说，"今天夜晚你就快马加鞭赶往塔尔诺夫，去把在外面找人的兄弟都带回来抓人。来回得用三个星期的时间——不过，务必在下第一场雪之前抓紧赶路。"

乞丐领命之后，像刚才进来时一样，慢慢地、悄无声息地走出了客栈，继续以同样的姿态往前走，来到集市西边那条街之后，再沿街走了一段路。然后，他突然躲到一座房子的扶壁后面，扯掉脸上的绷带，拼命往莫吉列夫路的城门跑去，以便在夜班守卫上岗之前顺利出城。他出了城门之后，便慢悠悠地沿路往前走，一直走到一户小农舍前，然后到农舍后面的马厩里找到了自己来克拉科夫城时骑过的马。他只跟农舍主人说了一句话，对方似乎完全知晓他的行踪。之后，他便纵马朝着远处那座通往塔尔诺夫的桥飞奔而去。

客栈里，恐怖波格丹还在沉思。"那个自称是斯塔斯的驼背真是从天堂下来给我们赐福的天使。我以前经常见他在这里跟所有的乞丐谈天说地、肆意打闹。第一眼看见他，我甚至就想有朝一日他可能会派上用场。所以，我让客栈老板替我给他送了一杯酒，表达我对他的友好。然后他一边喝酒一边跟我攀谈起来，无意中竟然说起了那个新来的白天从来不出门的吹号手！

即使那个男孩子换上了天鹅绒的新衣服，但我敢肯定，他就是那家人的孩子。还有，他们也是一家三口，到达这里的日期也都对得上。今天晚上那个吹号手出门的时候，斯塔斯会用灯笼照着他的脸，我会躲在附近看个清楚——不过，其实没什么必要了，事实已经很清楚了。我的人几个星期后就到达这里了，之后事情就简单了。"

由于兴奋激动，他的脸色慢慢变得苍白起来，除了脸颊上像血块一样的那个纽扣疤，他整张脸都白了。

"那天要是知道站在自己面前的就是波格丹·格罗兹内，那位受人尊敬的切尔涅茨基先生会说什么呢？每一个乌克兰人都应该听说过纽扣脸彼得。我之前在他面前自称的假姓也不错——奥斯特洛夫斯基，这可是海乌姆一个显赫家族的姓氏啊，他们还曾说过我是他们的奴隶呢。"想到这里，他忍不住笑出声来。

事实上，一提起"纽扣脸彼得"这个名字，乌克兰人个个都闻风丧胆。他的真名叫波格丹，波兰人给他取了"纽扣脸彼得"这个外号，而哥萨克人管他叫格罗兹内或恐怖波格丹。他从小就是个没人要的流浪儿，爸爸是哥萨克人，妈妈是鞑靼人。他是个残暴的人，过去十年里，边境线上的每一起邪恶的阴谋都少不了他的参与，被他烧毁的房屋不计其数，死在他手里的男男女女惨不忍睹。在乌克兰，他手下有一帮地痞流氓。只要他一声令下，几乎一夜之间就能召集他们，到处烧杀抢掠。

不管是在波兰，还是在莫斯科，大人物也不敢轻视他，因为他们也有非法勾当需要有人去做。要做伤天害理的事情，权贵们不敢亲自露面的时候，经常会雇他出面完成。鞑靼的大可汗甚至派他到金帐汗国执行过任务。他的名字在边境线两边都很有分量，就连波兰也有人听他差遣。

现在，乌克兰这块地盘是在大约一百年以前，立陶宛的雅盖隆家族跟波兰的雅德维加家族联姻以后，才纳入波兰版图的。在争夺这片广袤土地统治权的斗争中，俄罗斯跟波兰上演了无数的阴谋和阳谋。莫斯科的伊万大公早就开始觊觎这块地盘，因为在古老的拜占庭时期，这里就是俄罗斯的中心了，而基辅是它的首都。他正在谋划，一旦时机成熟，便立刻从波兰人手中把它夺回来。就是在这样的政治背景下，无数跟安德鲁·切尔涅茨基先生一样的无辜百姓一夜之间家财全尽、田地尽失，因为像恐怖波格丹这样的人很多很多，为了得到战利品和俘虏，他们时刻准备从事这种杀人放火的恐怖行动。

然而，此时此刻，切尔涅茨基先生一家正安静地坐着享用晚餐，并没有意识到自己家即将大难临头。

第九章

纽扣脸彼得的偷袭

波兰人称之为落叶月的 11 月，已经月末了，寒潮来临。村里的穷人早已在自己家的木屋顶上加铺了茅草。木屋的四面墙上堆起了高高的沙子。墙上所有漏风的缝隙全都用泥土、树枝和石块堵上了，桌子和长凳下面堆满了柴火和木炭，房梁上挂着一串串干菜、蘑菇和香肠。此时，鹅和猪还在外面放养，到处乱跑。不过第一场霜冻降临之际，它们便会被赶进屋内，跟主人一家一起住在茅屋里那间叫作"黑屋"的大房间里。茅屋里还有另一个房间，叫作"白屋"。天气还不是太冷的时候，人们就住在"白屋"里，但等到积雪厚得跟屋顶齐

平，天气严寒至极，夜晚还能听到大雪压断树枝的声音时，全家人就都挤到"黑屋"去睡，尽管开放式壁炉持续不断地往外排烟，"黑屋"里却连个烟囱都没有。

在城里，有钱人已经开始砌筑意大利式高砖炉，不过大多数人家还是靠开放式壁炉取暖。第一场霜冻降临的时候，小男孩们举着烧红的木炭跑来跑去，准备生起冬天的第一把火。而圣母玛利亚教堂塔楼上的吹号手兼看守，时刻都得把眼睛睁大了，要是哪家的房顶升起火苗了，他得第一时间发现并立刻发出警报。多少个失火的夜晚，水利官带领着他的手下在奋力救火中度过。

11月的最后一个星期三，下起了小雪，那时切尔涅茨基先生正前往教堂值夜班。他走在一片漆黑、几乎空无一人的街上，回想着自己过去几个月的生活，一切都顺顺利利的。儿子在学校的学业突飞猛进，妻子过得幸福而满足，自己的收入也足够让家人过上舒适的日子。他希望自己不久后就有机会把宝物敬献给国王。到现在为止，他都没机会觐见国王。这些日子，国王要么带着士兵和外交官在托伦忙着安抚招兵，要么就回到了雅盖隆王朝的发源地维尔纳，要么就是在鲁塞尼亚人的聚居地利沃夫城。

再说，即便国王回到克拉科夫做短暂停留，切尔涅茨基先生和扬·康提也没有机会觐见他，因为等着觐见国王的人已经在他们前面排起了长队。有前来给国王敬献波希米亚王冠的捷克大使，有罗马访问团，有意大利学者，有请求签订合约共同抵制胡斯派的条顿骑士团，还有其他有头有脸的大人物。

不过，切尔涅茨基先生倒不是太在意觐见国王的日子延迟一些，因为面圣一事已经定下来了。就在今年夏末，扬·康提已经给国王本人呈交了正式的申请，国王派人通知这位文雅的学者，自己一有机会就会第一时间召见他。而此时，切尔涅茨基先生已经将宝贝藏在了一个自己认为最安全的地方。

切尔涅茨基先生离开鸽子街住处的几个小时之后，门外突然响起了一阵刺耳的门铃声。斯塔斯应声把门打开，举起灯笼照着门外人的脸，想看清楚是谁。还没等他反应过来，一记重拳就冲他的下巴捶过来，把他打趴在松软的雪地里——此时的鸽子街已经完全被大雪覆盖了。

"你要是再干这种蠢事，我就要了你的小命！"来人一边捡起掉在地上的灯笼，拉起瘫在地上的斯塔斯，一边嘟囔着说，"你这个蠢货！你这样会让人认出我的，难道你不知道吗？要是我被巡夜的抓住，你也一样跑不了。不要让任何人知道今天晚上的行动，这是为你好！全都准备好了吗？"

"准备好了。"斯塔斯回答道，脸上带着一丝苦笑。

"那就告诉我，这幢楼里面都有谁？"

"呃，顶楼住着一个炼金术士跟他侄女，还有就是那个男孩子跟他妈妈了。"

"那几个学生呢？"

"他们去匈牙利学生的膳宿公寓开讨论会去了。有时候要到天亮才回来。"

"太好了！那我们行动起来就不用顾忌什么了。十二个人足够，派四个人去切尔涅茨基先生的房间进行搜查。有必要的话，派四个人去应付其他房客，剩下四个人就站在这里望风。万一哪个卫兵来了，就干掉他。"

"你能看清楼梯吗？"

"可以，他们住在二楼。"

于是斯塔斯领头，两个人上楼了。来人感觉脚下的楼梯有点摇摇晃晃的。

"小心点，"他嘟囔着，"这个楼梯像随时会塌陷下去一样。"

就在这时，楼下院子里的狗开始狂吠。

"怎么回事？"来人突然冲着斯塔斯严厉地质问，"你之前可没跟我说这里还有条狗！"

"用链子拴着呢，"斯塔斯回答说，"现在可以把金子给我了吗？"

"给！"来人塞给他几个金币。斯塔斯贪婪地接过金币，并在黑咕隆咚中用手摸索着，估计金子的分量。因为灯笼被来人从地上捡起来之后就一直藏在他的衣服底下。

"就这么点？"斯塔斯带着哭腔嘀咕着。

"蠢货！"一时间，来人情绪失控，"剩下的就只有这个了！"说完，他用空出来的那只手一把扼住了斯塔斯的喉咙，指甲深深地陷进了他的肉里。斯塔斯奋力挣扎，还是挣脱不了那铁爪般死死掐住自己脖子的手指，最后还是来人主动松开了手。

"下不为例，"来人警告他，"再有下次，就送你上天堂，或者让你下地狱！听着，蠢货，我最后再说一遍，要是今天一切顺利，我会再给你现在所得好处的双倍。要是你敢出卖我，或者再做出什么蠢事，那你拿到的可就不是金子了，而是你做梦也想不到的惩罚了。"

斯塔斯垂头丧气地从楼梯上下来，来人跟在他后面。

"记住，"来人最后警告他，"凌晨 2 点的钟声一敲响，我们就会到这里来，那时候你就开门让我们进来，你的任务就算完成了。"

　　当天夜晚，炼金术士克罗伊茨先生碰巧独自在阁楼里忙着。他已经做完一个实验，正准备开始做另一个更复杂的实验。这时，下面院子里突然传来的狗叫声转移了他的注意力。

　　"出什么事了？"他心里疑惑着，"今天夜晚没有月亮，院子里也没有哪个房客会招惹它，这个时候狗不应该叫的。"想到这儿，他飞快地用东西把阁楼里用来照明的灯笼盖住，并把门打开，往院子下面瞧。

　　他刚才怀疑院子里出了什么事，现在果然得到了证实：他听到下面有人在窃窃私语，楼梯也在嘎吱嘎吱地响，好像有两个人正往上爬。随后，有人突然痛苦地大声叫了一声，他听出来那是斯塔斯的声音。

　　接着又传来一阵窃窃私语声，然后就是有人下楼的脚步声。

　　于是，炼金术士前倾着身子仔细倾听，恰好听见来人对斯塔斯发出的最后一次命令。

　　"一定有人在搞鬼，"他心里断定，"不然的话，守门人不会在凌晨2点钟给任何一个老老实实的访客开门的。"

他返回阁楼，关好门，掀开覆盖在灯笼上面的东西。好一会儿，他都在琢磨自己刚才听到的这些话都是什么意思。那个陌生人是谁？他跟守门人斯塔斯有什么关系？他自己该怎么做？一时间他想去把这件事报告给巡夜人。

"说不定是我把事情想得太严重了，"他最后得出结论，"他们说的很可能是明天下午2点钟呢。再说，就算真有人入侵，我自己也能给他一个下马威。"他边想边四周打量了一下阁楼。想到这儿他似乎很高兴，因为他不禁笑出了声。随即，他又认真地忙起自己的事情来。

接下来的一个多小时里，他全神贯注地做实验，因为这个实验很复杂，需要非常细心。不过他最终还是成功完成了实验，并把实验结果详细记录下来了。这时，他又想起了斯塔斯和他那个神秘的访客。夜深人静中，这件事似乎变得越发严肃起来。

突然，克罗伊茨跳了起来，点燃了两个火盆。随即，他把一块树胶扔进其中一个盆里让其熔化，在另一个盆里倒入一种液体加热。足足十五分钟过后，他熄了火，把两个火盆里的两种物质倒出来，混合在一起。接着，他用一把小刷子蘸着这种混合物，刷在墙上挂着的学生长袍上。再之后，他在做实验时戴的防毒面具上也刷上了同一种混合物——里面的树胶成分让它紧紧地粘在面具表面。

"我在上面撒了一层浅绿色的金属磷，"他自言自语，"夜晚的星空都不如我这身装扮灿烂夺目呢。"

他又坐回椅子上等着，双目紧闭，极力想搞清楚自己刚才听到的对话的含义。"他们说那些话是什么意思呢？"他心里很是疑惑，"那个陌生人跟斯塔斯在切尔涅茨基先生家门口站住了。这家人到底藏着什么秘密？他们为什么要改名换姓呢？谁会对这一家三口进行报复呢？伊丽莎白找到了母爱，我也有了好朋友。他们家没有什么宝贝，也没什么钱。因为就在他们到达这里那天，切尔涅茨基先生为了生计，甚至不得不变卖了自己的两匹马和马车。"

他想着想着，昏昏欲睡起来。最近这段时间他的工作量太大，睡眠时间严重不足。就在快要睡着的时候，他突然听到圣母玛利亚教堂的吹号手敲了两下钟，随后开始吹奏《海那圣歌》。第四遍《海那圣歌》刚吹完，他就听到楼下院子里有动静。斯塔斯贴着墙脚蹑手蹑脚地前去开门。炼金术士悄无声息地打开阁楼门，趴在地上，身体横跨着门槛探出头去看。楼下的门"吱呀"一声打开，有人进来了。炼金术士仔细地听，默默地数。"一、二、三，还有更多！天啊，如果没听错的话，一共有十二个人。我刚才没去报告巡夜人，真是大错特错了。现在即便我高声叫喊，把巡夜人叫来了，他们人多势众，对付我们两个也绰绰有余。算了算了，自己酿的苦酒只有自己喝了。"

随即，楼梯开始嘎吱嘎吱地响，几乎就在同一时间，粗哑的狗吠声划破了夜空的宁静。

"别让狗再叫了。"他听见楼梯上有人低声命令道。院子里又响起了脚步声，好像是有人返回去制服叫嚷的狗了。而就在同一时刻，进入院子的门砰的一声关上了，有人从里面用链子把门反锁了起来，链子相互碰撞，发出哗啦哗啦的响声。

"真是个怪人啊，这个斯塔斯，"炼金术士心里想，"明天他会为自己的这个行为付出代价的。"

这时，楼下突然传来一声惨叫，不是狼狗的惨叫，而是人的惨叫。"哈哈哈，"克罗伊茨先生心里想，"肯定是'伍夫'把那个人解决了。"接着是有人从院子那头跑过来的声音。"我不能靠近它，否则会受伤的，"他对这伙人的头领压着嗓子说，"它咬住了我的腿，疼得我差点晕过去。"

"你们三个一起上。"头领命令道。

于是院子里又陷入一场混战。'伍夫'疯狂的嚎叫声和人痛苦的尖叫声突然让这个夜晚充满了恐怖的气息。此时此刻，约瑟夫手里举着一盏灯，出现在二楼门口。

"伍夫——伍夫。"他喊了两声自己的狼狗。

之后，他就没有再出声了。

"唉，"炼金术士心里猜想，"这孩子肯定被他们制服了，他们很可能是往他嘴里塞了什么东西。"

他猜得没错。那个头领一把抓住了约瑟夫，往他头上罩了一个布袋子。

"进屋！"他冲下面院子里的人喊，"你们四个站在门口望风，你们四个在楼梯口等着，不要让任何人下楼，其他人跟我来！"

借着那个头领从约瑟夫手里抢的灯笼的亮光，楼上的克罗伊茨先生看到他的脸上有一块纽扣形状的伤疤。

"他要么是鞑靼人，要么是哥萨克人，"他在心里尖叫起来，"只有瘟疫才会让人脸上留下这种伤疤，这些人还真是不远万里而来啊。"

他猜得没错。实际上，这帮人就是"纽扣脸彼得"

带领的匪徒，"纽扣脸彼得"在乌克兰及其以东地区臭名昭著。

几乎就在下一秒，四个人冲进了房间——彼得领头，其他三个人跟在后面。炼金术士先是听到女人的尖叫声，随后听见她被"啪"的一声推倒在地。再之后就是砸家具、撕草席，还有屋子里所有东西被破坏的声音。这几个人好像在找什么东西，动作急切又粗暴。下面的房门敞开着，所以炼金术士可以清晰地听到楼下这帮人的说话声。

"看看床上有没有。"头领开口说话了。

切尔涅茨基先生和妻子睡的是外屋的一张大床。几个人挥起长剑，几下就把床单划成了碎片。枕头被割开，毯子也被撕开，等把整张床彻底毁了之后，匪徒头领终于找到了他一直要找的东西。

"就是它，"头领喊道，"那个大包裹，裹着布的那个。"

他右手举着包裹，左手用宝剑划开层层包裹的布，碎布一片片地掉落在地上，他苦苦寻找的东西终于露出了真面目。就在他准备带着宝贝冲出门的那一刻，突然传来一个刺耳的声音，尖声喊着："我的金子——我的金子呢？"

彼得闪电般迅速地转过身。"可恶！"

彼得举起灯笼，灯光照亮了斯塔斯愤怒的脸——他担心自己拿不到赏钱。

"要金子？我这就给你！"彼得怒气冲冲地大声喊道，"来人，把他扔下去喂狗，我倒要看看，他还怎么管我们要金子。"

两个人上来架住斯塔斯，但他疯狂地反抗着，冲进了房间。见此情景，第三个人冲过去拦住他，另外两个人趁机从后面往他身上扑过去。然而，斯塔斯扭动着瘦长单薄的身子挣脱了出来，又被翻倒在地的桌子绊了一跤，身子紧贴着桌腿。他伸脚乱踢，张嘴乱咬，胡乱地挥舞拳头。彼得忍无可忍，他把宝贝放到地上，准备亲自动手收拾斯塔斯。他们一见彼得过来便松开了他。

这时，灯笼就在斯塔斯身后的地板上放着。眼看着这帮人正奋力朝他扑过去，斯塔斯急中生智，挣脱出一条腿，一脚把灯笼踢翻了。灯笼倒地的时候，门突然打开了，蜡烛也随之熄灭。不过，几乎就在同一时刻，这帮匪徒抓住了他，推搡着他出了门。

就在匪徒准备把斯塔斯直接从栏杆上扔下去的时候，楼上突然传来小姑娘的尖叫声。

"都去死吧！"彼得气得吼起来，松手将斯塔斯丢下去，"本来一切顺利，哪知道这个小鬼还有这个蠢货突然冒出来连哭带号，死人都能吵醒。走，我们的东西到手了，赶紧撤！"

他摸索着回到切尔涅茨基先生的床边，在一片漆黑中找到了他这次劫掠到的宝贝。就在这时，楼上突然传出了声响，犹如隆隆的雷声。随即，门口闪过一道可怕的红光，仿佛从天而降。刹那间，整个房间仿佛被一件红衣服包裹着，红红的一片。

第十章

魔鬼现身

彼得冲到门口，猛地收住脚站在那里，目不转睛地盯着那道红光。

红色的火球不停地从阁楼的窗口喷射到夜空中，发出恐怖的爆炸声，火光将四周照得一片通明。火光中，彼得看见自己的手下——无论是站在楼梯口望风的，还是守在门口的——一个个呆若木鸡、惊恐万分。之前架着斯塔斯的那几个人在火球面前吓得直往后退，而斯塔斯趁机从他们胯下偷偷溜走，逃命去了。

一时间，彼得呆呆地站在那里，一动不动。对看得见、摸得着的打斗，他的勇猛一向是天下无敌的。可是面对眼前这么神奇的法术，他就是个胆小鬼。然而，即便吓得全身发抖，他也明白，自己如果还想当头领指挥这帮手下，就必须表现得像条汉子。于是，他虚张声势，装出一副气势汹汹的样子，从二楼顺着楼梯"噔噔噔"地冲上了三楼。他刚一站住，又一个火球喷射到夜空中。

"回来！回来！"他的手下在楼下大声喊他。

"上来！上来！"他站在楼上发号施令，"你们怕什么啊？"

"这是魔鬼现身了！"

彼得在黑暗中挥舞着自己的哥萨克短剑，"听我的，上来！上来！你们这帮怕死鬼，上来！否则，我就让你们身首分离、脑袋搬家！上来，我再说一遍，给我上来！"

他那副模样太恐怖了。站在二楼的几个人各自在胸前画了个十字，蹑手蹑脚地跟在他后面往楼上爬去。

"咱们已经拿到宝贝了，"离彼得最近的手下声音颤抖地请求着，"还是赶紧逃命吧。这肯定不是人弄的，是魔鬼。要是魔鬼从阁楼里跑出来，那咱们都性命难保啊。"

"魔鬼？"彼得咆哮起来，"胡扯！给我上来，像条汉子！这根本不是魔鬼！而是个活腻了的家伙拿这个耍花招！要是我们不把他干掉，还没等我们回到城门口，全城的人都被他惊醒了。"

"上去，"片刻之后，他一边下命令，一边把离自己最近的手下推到通往阁楼的楼梯口，"上去，把看见的告诉我们！"

那人只能往上爬，他全身哆嗦得厉害，因为他相信这是黑暗力量在对付他们。

"这儿开着门，"他低声说，"里面没有灯。"楼梯上靠近他的另一个人把话传给了彼得。

"那就都上去！所有人都上去！"彼得命令道，"里面只是一个人而已。割断他的喉咙，然后赶紧下来。"

其他人鼓起勇气进了阁楼。几分钟之后，彼得等得实在是心急火燎，于是亲自爬上楼梯，在一片漆黑中跨过阁楼的门槛进入房间。

"你们找到什么没有？"他不耐烦地问。

"什么也没有。"阁楼的一角传来手下微弱的回答声。

"要是屋里有人，就让他开口！"彼得大声呵斥，他的怒吼声盖过了阁楼后面壁橱轻轻打开的声音，"要是让我们找到一个，那我就不客气了。"

他的话还没说完，仿佛晴空中突然劈下来一道闪电，阁楼顿时被一片赤红的火光照得透亮，只见一个魔鬼变身的影子气急败坏地从黑夜中跳了出来。鬼影全身上下一片火红，散发出一股火焰跟硫黄的味道。他的衣服似乎正在熊熊燃烧，还冒出了浅绿色的烟雾和火焰。鬼影慢慢向前移动，右手挥舞着一根火红的权杖。权杖发出噼里啪啦的响声，犹如粗大的树枝被折断的声音，权杖的顶端还有小火球正在往下掉落。

鬼影来得太突然，太出人意料了。在这个伸手不见五指的漆黑夜晚，突然出现这么一个魔鬼，浑身通红，身上还燃着熊熊烈火，冒着绿烟，彼得胆子再大也吓得忍不住尖叫起来，全身哆嗦，仿佛风中摇摆不定的一片树叶。

连彼得都吓得发抖，他手下的其他人更不用说了，他们一个个都吓疯了。"出去！快出去！"他们尖叫着蜂拥而出，往楼梯口挤去。

魔鬼紧跟在他们身后，左右挥舞着手里的权杖。在这帮匪徒争先恐后往楼梯跑的时候，他举着权杖往他们的脑袋上狠狠地敲过去。其中两个人同时冲到了楼梯口，推推搡搡中一起滚下了楼梯。随即，第三个人也跌跌撞撞地滚了下去，刚好压在前两个人身上。

有那么一小段时间，彼得坚定地站着没有退却，站在楼梯口的他突然转过身大声喊道："不管你是人是鬼，我倒要看看你有什么能耐。"说完，他抽出自己的宝剑，朝鬼影冲过去。魔鬼往旁边一闪身，躲过了攻击，对着彼得的脸挥了挥手。

"啊！"彼得这个匪徒头领痛苦地尖叫起来，因为眼睛和喉咙里进了什么东西让他睁不开眼，透不过气，"救我，你们这帮胆小鬼！我被魔鬼抓住了！快来救我！听到没有?!"

没有人回应他，只有他的那帮手下从楼梯滚落的声音。

彼得摸索着跌跌撞撞来到台阶上，他完全是滚着下楼梯的，因为害怕魔鬼跟上来再给他来这么一出。不过，魔鬼虽然跟了上去，但并没有再出手，只是跟在这帮逃命的匪徒后面，慢慢地下了楼，朝空中扔了几个五彩缤纷的小火弹。小火弹随之爆炸开来，绚烂多姿的光亮倾泻在整个院子里。

此时，院子下面的喧闹声震耳欲聋。狼狗已经甩掉了罩在头上的袋子，正在声嘶力竭地狂吠。匪徒吓得哭爹喊娘，把不能出声惊动外人的警告和规矩完全忘记了。约瑟夫之前被匪徒捆在自家里屋，嘴里塞了东西。此时，他挣脱了绑在两只脚上的绳子，正用脚拼尽全力地踢着外屋跟里屋之间的木质隔板墙。伊丽莎白在大声呼救。周围的邻居纷纷从窗户探出头，想看看发生了什么事。外面大街上有人大声叫着巡夜队的卫兵。斯塔斯也已经脱离了危险，他突然毫无来由地拉扯起挂在门上的门铃拉绳，门铃声让院子里的混乱场面更加失控了。

在二楼的楼梯平台上，三个逃命的匪徒跟四个守在那里的匪徒撞了个满怀，差点摔到楼下的院子里。几个匪徒好不容易站稳脚跟，那段因不堪重负而嘎吱作响的楼梯柱子突然断裂，在乱哄哄的场面中，把这帮匪徒直接抛到了院子里。为了不让自己也摔下去，紧跟在那三个匪徒后面的彼得见状敏捷地跳到了切尔涅茨基先生家的门槛处，可他后面全身着火的魔鬼此刻还站在二楼上面那段楼梯上，那里的支撑柱和楼梯没有塌陷。不过，彼得在门槛处没停留多久，因为就在他转身要进切尔涅茨基先生家里的一刹那，站在楼梯最下面一级台阶上的魔鬼身子一跃，不偏不倚地扑倒在彼得身上，哗啦一声，把他猛烈地推倒在切尔涅茨基先生家外屋的地板上。

　　楼下院子里一片喧嚣——倒塌的楼梯撞击地面的声音、台阶哗啦啦散架的声音、惊恐的尖叫声，还有痛苦的呻吟声——有两个匪徒被压在倒塌的楼梯下。在下面望风的几个匪徒吓得无心守门，一心想着赶在巡夜队到来之前逃走。

　　在院子上演这场混乱的同时，那个用化学物质和火药导演这一切的炼金术士正用他那根沉重的权杖——一根涂抹了发光树脂的大棒——挥向彼得的脸，此时的彼得正被他压在身下，他厉声问道："说，你们在这里找什么？"

　　不过，此时的彼得已经重新找回了一些勇气。何况，这声音也不像魔鬼，更像人，于是他回答："我不会说的！"

　　"快说！"

　　"就不说！"

　　"那我就把你交给巡夜队！"

　　"随便！他们也别想问出什么。"

"那我们就再瞧瞧你的嘴脸吧。"

炼金术士压在彼得身上，一只手掐着他的喉咙，另一只手小心翼翼地从长袍褶层里掏出一个圆球。他把圆球按在地上摩擦点燃后，扔向石头壁炉。瞬间火光一闪，房间突然被照得亮如白昼。

可是，炼金术士并没有看彼得的脸！因为他的注意力立刻被房间里的其他东西吸引。正是彼得从切尔涅茨基先生床上找到的那个又大又圆的东西，它就在不远处的地板上，仿佛一千个上等的玻璃棱镜一样闪闪发光。

"天啊！"他惊讶地大声喊道，"原来是它啊！强盗先生，看来你此行的目的非同寻常啊，并非简单地抢劫民宅，这……老实趴着别动，否则我就掐断你的气管！"此时的彼得很想趁着炼金术士注意力转移的当口挣脱出来。

"谁让你来的？"炼金术士问他。

彼得没有吭声。

"不说也得说。听见什么声音了吗，楼下？"

楼下传来巡夜队大声喊叫的声音。"不许动，我以国王的名义命令你们。"

此时此刻，彼得完全恢复了勇气，因为他意识到自己要对付的只是一个人，而不是魔鬼。于是他决定耍个花招。

"要是你能把我藏起来，我什么都告诉你。"

"我不会答应你，赶紧把你知道的告诉我。"

"那就往那里看。"彼得扭动着被压着的手，仿佛指向地板上那个闪闪发光的东西。此时此刻，在即将燃尽的火球最后几缕光线的照射下，那个东西犹如小太阳一般闪耀着光芒。

"我看见了。"炼金术士快速瞥了一眼。然而，就是这个瞬间的松懈带来了致命的后果。趁着这个瞬间，压在他身子下面的彼得抽出右手，掰开对方掐住自己喉咙的那只手。随后两个人扭打在一起，炼金术士根本不是这个精瘦结实、身手矫健的哥萨克人的对手。他们紧紧地抱在一起，在地板上来回翻滚着。他们撞断了桌子腿，撞倒了架子上的陶器，撞上了墙壁，在整个扭打的过程中，哥萨克人一点一点地占据了上风，扭转了一开始炼金术士占优势的局面。他先是两条腿像老虎钳一样夹住克罗伊茨先生的身子——这是他以前在乌克兰学到的招数——接着，他迅速挣脱出两只手，双臂从对方的胳膊下紧紧将其抱住。他用两条胳膊和两条腿把对方缠得越来越紧，直到克罗伊茨先生全身的骨头开始噼啪作响才作罢。然后，他迅速起身，掉转了两个人的位置，此时是他在上面，炼金术士被他压在下面。"咣"的一声！他用尽全力抓着克罗伊茨先生的头往地板上砸下去，这重重的一砸，足以把一个巨人砸昏。随即，他又把对方往墙上扔过去。

炼金术士躺在了墙脚。

彼得仿佛进攻的猎豹，抱起自己找到的宝贝就往门口飞奔。

可惜他并没有毫发无损地跑到门口。克罗伊茨先生也留了一招。他太幸运了，这个哥萨克人抓着他的脑袋用力砸向地板的时候，多亏他戴的面具承受了大部分的冲击，否则他可能再也站不起来了。这个哥萨克人把他扔向墙壁之后，他就趴在墙脚假装不省人事。就在这个哥萨克人转身的时候，他动作敏捷地把手伸进自己的长袍口袋里，掏出之前藏在那里的一小包炸药。这种炸药一旦震动，就能炸开。他们刚才在地板上扭打的时候这包炸药竟然没有爆炸，简直是个奇迹。

彼得奔向门口的时候，克罗伊茨先生已经把这一小包炸药稳稳地抓在了手里。再过一秒，彼得就离开房间了。克罗伊茨先生努力站稳，用尽所有力气把炸药扔了过去。

扔得太准了！不偏不倚地砸中了那个哥萨克人的后脑勺，随即发出"砰"的一声巨响，炸药爆炸了。

楼下的人已经注意到了二楼的骚动，他们先是听到一声响亮的爆炸声，之后看见院子里被照得一片通明。耀眼的亮光中传来一声尖叫，紧接着，一个头发着火、衣服被烧成一条一条的男人从切尔涅茨基先生家门口跳到完好无损的楼梯边上，往三楼飞奔而去。他突然停下脚步，快速朝下面瞥了一眼。院子里灯火通明，喧闹嘈杂，人头攒动——有学生，有巡夜人，还有士兵——从下面逃命是不可能了。他敏捷地跳上了通往阁楼的楼梯，爬了上去。随即，他紧紧抓住头顶上方不高的房檐，用脚往后踢开了阁楼的矮门。当房门跟房子呈垂直角度的时候，他爬上房门，登上了房顶。他沿着房顶奔跑，犹如流星一般，因为他那头着火的头发在他身后留下了一串串流动的火花。只见他跳上了邻近的房顶，又跳到另一个房顶，最后跳上一个靠着墙头的倾斜着的屋顶，消失了。

下面院子里的人叫喊着，但彼得已经逃走了。有人说看见他沿着墙头跳到了后面寺庙的花园里，也有人说他只是假装下去，实际上又偷偷爬回了房顶。不管怎样，再也没有人发现他的踪迹。

巡夜队最后总算搭起了一道临时楼梯，救出了被捆在自家小房间里的约瑟夫母子，并把伊丽莎白接到他们母子身边。克罗伊茨先生已经回到自己的阁楼上，脱下了破长袍，摘下了面具。这场打斗让他鲜血淋漓，体力不支，他一头栽倒在床上。大家都以为这帮匪徒什么都没抢走，但切尔涅茨基先生第二天早上回家后把整个房子彻底找了一遍，发现那件宝物不见了。目击者肯定地说彼得在屋顶逃命的时候根本拿不了什么东西，还有一些人说看到他当时两手空空。

不过，不管他们怎么在院子里找，宝物都不见了。尽管目击者的说法不无道理，但切尔涅茨基先生还是确信就是那帮匪徒偷走了他的宝物。

而在楼梯坍塌时受了伤，没来得及逃出院子的彼得的那帮手下，最终被关进了监狱，判以各种刑罚。有好几个被关进了地牢，再也无法出来作恶；有两个人被判处流放九十九年；剩下几个有前科的被押解回当地法庭进行审判。不过，警方采用最为严酷的审讯也没能从他们那里问出什么情况，对头领为什么要打切尔涅茨基先生的主意，他们几乎不知道其中的缘由。至于斯塔斯，在他做出这种背信弃义的事之后，他的妈妈立刻将他赶出了家门，永远不让他回来。后来听人说，他在金象客栈当了服务员。不过，有一天晚上他对客栈的一个顾客实施了抢劫，从此以后就消失了，再也没有人在克拉科夫城听到过他的任何消息。

经历了这次事件，克罗伊茨先生感到有些身心俱疲。不过，第二天一早他还是来到了切尔涅茨基先生的住处，完完整整地对他讲述了前一天夜里发生的事情，描述了匪徒头领的相貌特征。他话刚说完，切尔涅茨基先生就跳了起来，对着椅子靠背狠狠地捶了一拳。

"果然不出我所料，"他愤怒地叫起来，"就是这个人，他之前为难过我两次。现在我非常确定，他就是那个自称波格丹的蒙古和哥萨克混血儿！哥萨克人都叫他恐怖波格丹。他的罪恶行径我听说过无数次，在乌克兰，他干的坏事无人不知、无人不晓。带着这帮匪徒来对付我确实符合他一贯的作恶风格。他就是个不折不扣的魔鬼，心肠狠毒，手段残忍。要我说，他就是天底下

最无法无天的人。我们这些住在乌克兰的波兰人都叫他
纽扣脸彼得，因为他的右侧脸颊上有一块伤疤，你也看
见了。我一直以为他只是在边境一带搞非法活动，不
然，那天上午他在克拉科夫城外为难我的时候，光凭他
脸上那道伤疤，我肯定就能认出他来。"

　　说完，他便神情悲伤地去修理家里那些被哥萨克匪
徒损坏的家具了。

第十一章
袭击教堂

那年冬天，乌克兰人骑着小矮马——这种马鼻子尖尖的，可以戳破雪地，吃到草原上被雪掩埋的干草——四处迁徙。当时流传最广的传言是那个在第聂伯河和伏尔加河沿岸被称为恐怖波格丹、被波兰殖民地居民称为纽扣脸彼得的那个人跟从前判若两人。他心情沉重，仿佛一直都在沉思，不再像之前那样狂暴冲动。不过，发生这样巨大的变化倒不是因为他之前被炸药烧掉了很多头发，导致有些人在背后叫他焦毛波格丹，而是因为之前的某次失败让他变得意志消沉，好几个月都闭门不出。等他终于回到大众的视线内，开始出入小酒馆的时候，他的头发已经长得跟以前差不多长了，被火烧伤留下的疤痕也差不多痊愈了。其间，还有传言说他畅行无阻地去了一趟莫斯科，面见了一个被称为"伊万大帝"的伊万大公，但他本人没有提起过，别人也不敢问他。

1462 年 3 月的春天到了，第聂伯河沿岸呈现出一片平静祥和的景象，只是偶尔会见到一些行军的部落，或是佯攻的鞑靼军。春天一来，恐怖波格丹又开始如毒蛇般出动，跟着他的是一帮在乌克兰早已臭名昭著的刽子手和强盗。他们先是跑到被称为"平原小镇"的里夫内，接着跨过布格河到边境线上的海乌姆作恶。曾经有一段时间，为了大肆烧杀抢掠，他们还在卢布林的森林里建了大本营，后来听到风声说有士兵在奉命追剿他们，便消失在北边的沼泽地，此后便再也没有听到过他们的任何消息。

彼得一开始似乎并不赞同这次的打砸抢烧，因为他还有更重要的事情要做。可是他的手下是一帮野蛮人，他们以抢劫盗窃为乐，不达目的不罢休。

在塔尔诺夫，他终于成功说服了这帮人，把他们重新召集起来，装扮成一个亚美尼亚地毯商队，有马有车有商人。他带领着他们向欧洲东部最大的市场克拉科夫城进发。到了克拉科夫城以后，他们在纺织会馆东边的广场上驻扎下来开始摆摊卖货。

现在，克拉科夫城最悲伤的人莫过于安德鲁·切尔涅茨基先生了。尽管不是他本人的过错，但他确实弄丢了原本打算献给波兰国王的宝物。这个宝物显然很值钱，要不然不会有人因为宝物在他手里而眼红忌妒他。扬·康提一直想方设法安慰他，他的妻子、儿子，还有伊丽莎白都想尽办法转移他的注意力，不让他沉浸在丢失宝物的沉重心情中。可是，漫漫长夜里，他独自在教堂塔楼值班的时候，还是常常感到沮丧和抑郁。

约瑟夫很清楚这一点，所以只要夜里有空，他就会陪爸爸一起去值班，比如节假日的前一天晚上，因为第二天上午不用上课。他经常夜里10点钟来陪他爸爸一起值班，一直待到第二天早上再回家。有时候，他会让爸爸去睡觉，自己替他值夜班——每个小时吹奏四遍《海那圣歌》。同时，作为一项常规任务，他要通过塔楼的各个窗户监视整个城市的情况，目的是发现有火舌蹿入夜空时，能及时拉响警报。约瑟夫吹号的技能每天都在进步，现在已经可以将《海那圣歌》吹奏得跟他爸爸一样好了。

彼得跟他的商队在教堂下面的市场扎营时，约瑟夫跟他爸爸就在塔楼值夜班。天空中挂着一轮满月，教堂塔楼在街道和市场上投下长长的影子。教堂门口，一个看门人一手提着灯笼，一手拿着长戟。每当塔楼的整点钟声敲响之后，他就一边踱来踱去，一边大声报时，这是他的习惯。

看门人已经完成了凌晨 1 点的报时。这时，等候在广场对面一辆马车里的纽扣脸彼得决定动手了。

"米哈伊尔，"他压着嗓子喊道，"米哈伊尔。"他叫了两声之后，一个身穿皮衣，头戴皮帽，脚穿厚底草鞋的男人从旁边的马车里钻了出来。他脱去之前伪装成亚美尼亚商人时穿戴的头巾和披毯，仿佛在不停地扭动着向前滑行。实际上，他在乌克兰一直被称为"蛇人"。他在彼得的马车前站了一会儿，等自己的头领在他耳边小声发号施令。

"蛇人"的外号果然名不虚传，他蠕动着身子，贴着地面从十二辆马车底下爬过去，经过教堂附近一座建筑的外墙，躲在市集广场拐角处的一棵大树后面。他猫着身子等在那儿，等着看门人从教堂前面走过去。他并没有等太长时间。

突然，教堂前面的阴影里出现了一个人。那人手里提着灯笼，在周围投下一片星形的光芒。他推了推通往吹号手值班塔楼的楼梯门，确认门已锁紧后，打了个哈欠，然后又用手里的长戟戳了好几下门口的石板路，仿佛因为没事可做而感觉很无聊。"蛇人"仔细打量着自己的这个对手：这人已过中年，身穿一件皮袍，外面罩着一件轻薄的锁子甲。锁子甲做工粗糙，像一条下摆尖尖的短裙，长度刚好盖住膝盖。锁子甲上身的铁环——

下至腰部，上至肩膀，再到长长的双臂，一直延伸至手腕处——相当沉重。铁环一直连接到头上的兜帽，兜帽外面还有一顶尖顶的生铁头盔。锁子甲外面还套着一件超短的皮马甲，腰上系着一根皮带，上面别着一把短剑。脖子下面还有一根皮带绕过两侧肩膀，皮带左边有一个搭扣用来固定长戟。

看门人从教堂前面绕到南面，一边小心谨慎地左顾右盼，看街上或广场上是不是有人。发现街上一个人影也没有之后，他转身走进教堂南面的墓地，明亮的月光洒在古老的墓碑上。他在其中一块墓碑后面蹲了下来，在胸前画了个十字，仿佛乞求埋在这里的人原谅自己打扰了他们的美梦，接着，他把长戟放在右侧地上，把灯笼放在左侧地上。随后，他伸手从腰间的行囊中掏出一块干面包和一大块肉安心地吃起来，完全没有想到会有人来打扰自己。

看门人这么做有他的道理，因为这么多年来，他一直都是这么做的。教堂里也没什么太重要的事情，在宗教节日里，偶尔会有调皮的小孩来捉弄他，不过他都能轻而易举地识破他们的恶作剧，把他们打发走。那个年代，小偷也很少光顾教堂，因为在那个迷信的年代，光是那块墓地就足以起到保护的作用，吓得他们不敢来了。再说，他头顶有吹号手严密监视着，整座城市也都有巡夜人挨家挨户检查是否关好了门，逐个盘问夜间出行人员。

"啊——嗯！"他打了一个哈欠。多么静谧悠闲的生活啊！

然而，他身后有一个人正紧紧地贴着教堂的高墙。要是守门人能发现这个埋伏者的话，他就绝对不会有这种慵懒倦怠的想法了。"蛇人"对眼前的情况快速地进行了判断，趁着守门人转身背对广场的那一瞬间，他飞奔到墙壁投下的阴影中。随即，他靠着墙壁，侧着身子小心翼翼地往前移，一直走到离守门人坐着的墓碑仅几步之遥的地方。

"扑通"一声！"蛇人"像猫头鹰抓老鼠一般猛扑

过去。

一个严阵以待，一个毫无防备，两个人完全没有打斗。守门人仰面倒在了墓碑旁。随即，身手敏捷的"蛇人"用头巾紧紧地勒住了对方的嘴，让他无法开口呼救。随后，他迅速从上衣里摸出几根短绳，把守门人的手脚牢牢地捆绑起来。一开始，"蛇人"原本想用自己的宝剑割断看门人的喉咙，但是他担心守门人在临死之前发出惨叫，打乱他们的计划，于是只好作罢。

这时，他在守门人的皮马甲里找到一把硕大的铜钥匙。随即，他把铜钥匙从拴着钥匙的短链上割了下来，塞进自己的腰带里。

他确认看门人已经被自己捆得结结实实后，迅速地跑回教堂的阴影中，偷偷溜到头领的马车边，动作跟刚才出来的时候一样敏捷迅速。

"我把那个守门人捆起来了，也堵上了他的嘴，把他扔在墓碑后面了，"他向头领报告，"这是上塔楼的钥匙。"

彼得的命令小声地传遍了整个车队。随即，所有人都脱下披毯，摘下头巾，换上了皮衣、皮帽、紧身裤和高筒软靴，站在马车后面蓄势待发，随时准备跟着头领开始实施他那精心策划的"大事业"。

车队距离塔楼只有一小段距离，彼得在前面带路，在塔楼投下的阴影中猫着腰尽量贴着地面前进。最后，这二十多个人在塔楼跟教堂之间的隐蔽处停住了。

"跟紧我，"彼得说，"上楼的时候当心脚下楼梯木板松动。今天夜里，那个男孩子也跟着他爸爸来塔楼这里了。上楼一定要小心。等我一声令下，你们就冲上去把那对父子抓起来。"

说完，他把"蛇人"从守门人那里偷来的钥匙插进锁孔，小铁门在铰链上转动着打开了。门太矮，他不得不躬着身子走进去。

"动作轻点，"他悄悄地说，"跟紧了。"

不一会儿，所有人都进了门。最后进来的那个人按照指示把铁门关上。这样就算有好事者想到门边来看看，看到的也只是门像往常一样关着。

"今天的任务很简单，"彼得一边小声说话，一边带着手下爬上通向塔楼脚手架的狭窄楼梯，"我们现在要做的，就是把兔子抓进我们的口袋。不过千万不能让这只兔子弄出任何动静。要是让他够着了铜钟的拉绳，警钟响起来，全城的人都会被惊醒的。所以，我们必须快速制服他。"

他们蹑手蹑脚地往上爬，终于爬上了脚手架四周盘旋而上的楼梯，他们每次往下踩都特别小心翼翼，不让任何一块木板发出声响。最后，彼得停下了脚步。

"前面就有灯光了。"他小声地说。

突然，吹号手值班室敞开着的门里传出了约瑟夫的声音。"您去睡吧，老爸，"他说，"每个小时我都会准时吹奏《海那圣歌》的，计时沙漏很容易看懂，我肯定不会出错的。"

"恰巧赶上这对父子夜晚一起值班，运气真不错，"彼得心里这么想着，"我们可以把大的绑起来，然后让小的带路，去拿宝物。"

约瑟夫刚在值班室的桌子上铺开羊皮卷，把细蜡烛挪近准备阅读。就在这时，他听到门外突然有了动静，便猛地转过身，恰好看到房门被粗暴地踹开。他还没来得及摆出一个自我保护的姿势，三个人就直奔他而来。他根本无力反抗。其中一个人的手像老虎钳一样紧紧抓住他的两条手臂。另外两个人则扑向切尔涅茨基先生，只见他一脸惊讶、一头雾水，正要从小床上坐起来。

第四个人站在门口，双手叉腰，得意地放声大笑。"哈哈，声音优美动听的小黄鹂，"他说道，"我们又见面了，这高高的塔顶远离嘈杂的世界，这回不会再有人来骚扰我们了。"随即，他脸色一沉，接着问道："知道我为什么到这儿来吗？"

约瑟夫不禁打了个寒战。此人正是他们到克拉科夫城的那天，他爸爸碰上的那个骑手，就是他在市集广场上煽动众人朝他爸爸妈妈扔石头。之前自己被捆住手脚扔在家里小房间的时候，听到的就是这个人的声音。不过，他也很好奇，这个人为什么要回城里来？约瑟夫在心里琢磨着："第一次冒着被抓去接受审判的危险抢劫他们之后，他不是已经拿到宝物了吗？难不成他是因为那天我爸爸把他扔下马车的事情，特意回来报仇的？

想到这里，约瑟夫仿佛在胸前画了个十字。因为他们现在所处的位置是城市上空高高的塔顶，要把一个人从这里扔到下面的墓地里是再简单不过的事了。不到第二天早上，根本不会有人发现已经丧命的受害者。

不过，切尔涅茨基先生却冷静沉着地看着来人。"不知道，"他回答道，语气从容镇定，"我不知道你为什么会来这里。但是此时此刻我知道你是谁，纽扣脸彼得，真是奇怪了，那天上午你威胁我的时候，我竟然没有认出你来。"

彼得根本没有理会切尔涅茨基先生后面的话。他只听到了那个否定回答。显然，他没有料到对方会这样回答他。

"你能不知道？你撒谎！你真以为我什么都不知道

吗?"彼得挤进值班室,把蜡烛凑近切尔涅茨基先生的脸,"告诉你!我千里迢迢来到这里,就是要拿到自己想要的东西,我也有办法拿到!我的这些手下随时可以要了你的命!好啦,过来,要是你还想留一条小命,告诉我,你把那个塔尔诺夫大水晶球藏在哪儿了?"

约瑟夫心头一颤。这么说,这个人说的就是他们从乌克兰带来的宝物——一个水晶球,塔尔诺夫大水晶球。爸爸因为弄丢了它一直很难过。可是,人们究竟为什么会这么看重一个水晶球呢?如果它是一颗钻石或一块宝石,人们对它垂涎欲滴倒也合理,可它只不过是一个水晶球啊——哎呀,约瑟夫都知道乌克兰的山洞里就有水晶,人们只需要从岩壁上把它们敲下来就行了。不过,也许这个水晶球有什么特别的意义吧。

"你我心里都明白,"切尔涅茨基先生回答说,"你偷袭我家的那天晚上,它就不见了。如果不在你手上,那我真不知道它在哪儿。"

"不见了?!"彼得先是一惊,随后满是怀疑,"你撒谎！”他尖声喊叫起来。

　　“你撒谎！一定还在你手里，我有办法。你过来！”他把“蛇人”米哈伊尔叫过来，“把这个男孩子带回家，用你的匕首顶着他的喉咙。我在这里守着这个老家伙，你要是一刻钟之内没回来，我就把这个波兰人干掉。不——”他突然停下，仿佛改变了主意似的，“我亲自带这个小畜生回去吧。我们去搜他家的时候，你就用自己的剑抵着这只老狐狸的喉咙。要是这个小畜生故意带错路，我就砍断他的喉咙。如果他想出卖我，也是同样的下场。要是在计划的时间之内我们没有带着水晶球回来，就按照我之前说的，干掉这个老家伙。”

　　彼得坚信，安德鲁一定会爽快地交出水晶球，因为这样不但能救自己的命，也能救他儿子的命。可是，切尔涅茨基先生否认水晶球在自己手里，这实在是太出人意料，也太让人费解了。不过，彼得很快就打消了这个想法。毫无疑问，安德鲁对他撒了谎。只要不出意外，水晶球拿到自己手上只不过是几分钟的事。约瑟夫或许真的不知道水晶球具体藏在哪里。但他清楚地知道，自己要是不立刻带着水晶球回来，留在塔楼里的这个人就会杀了他爸爸。他和他妈妈一定会迅速地把家里搜寻一遍，找到水晶球，换回自己的爸爸。这时，彼得突然冒出一个想法：安德鲁可能已经把水晶球藏到别的地方去了。不过，要是在他们家里没找到，那就再对他严刑逼问。

抓住约瑟夫的那个家伙正要把他交给彼得，彼得突然说："等一下，桌子上的计时沙漏显示已经是凌晨2点了，该吹号了，否则会有人怀疑出了什么事情，上来一探究竟。你，小畜生，我知道你有时候也会吹号。连这个我都知道，完全没想到吧？我可是到处都有耳目。所以，我们出发取宝物之前，先把墙上的小号拿下来……哦不，等一下，你先过来。"

他领着约瑟夫来到外面的铜钟拉绳前，监督着他。

"先拉两下钟绳，再去吹小号，对着四个窗口挨个吹一遍《海那圣歌》。"

他手里握着明晃晃的匕首，眼睛密切注视着约瑟夫：约瑟夫拉了两下钟绳，带动另一头的锤子敲响了铜钟。

"你平时怎样吹现在就怎样吹，千万别耍花招。"

约瑟夫回到小屋，取下小号。此时此刻，约瑟夫想起了那个年轻的吹号手，他曾经站在古老塔楼上执勤，被一箭射中而倒下。奇特的是，现在自己也面临着相同的处境，彰显自己勇气的时候到了。想到这里，他刚刚的那阵恐惧荡然无存。相反，心中升腾起一种坚定，这种坚定永恒不变，仿佛是一种天赐之恩，这是波兰人最突出的品质。或许是因为想起了那个以身殉职的吹号手，是他的事迹启发了约瑟夫，之后约瑟夫将小号伸出西面窗口的时候，想起了那天他和伊丽莎白的对话——那天，他开了一个关于《海那圣歌》的玩笑，但她把玩笑当成了童真的秘密——上帝保佑，他坚信她还记得那个约定。

瞬间，他心里充满了希望。他知道凌晨 2 点钟的时候伊丽莎白还没睡。她知道约瑟夫会在这个时候替爸爸吹奏《海那圣歌》。要是他一直吹奏下去，在曲子通常应该终止的地方多吹奏两三个音符，她就知道一定是出什么事了。那她要怎么做呢？她叔叔沉浸在自己的实验中，只会笑她胡思乱想，他一定会这样的。深更半夜，她敢出去找扬·康提吗？要是她去了，扬·康提一定会叫来巡夜队救他爸爸的。他心里明白，彼得拿到水晶球之后，还是会把他爸爸杀了的。

现在，他只能孤注一掷了。只是，彼得知不知道鞑靼兵入侵的故事呢？他知不知道自那以后吹号手吹奏《海那圣歌》的时候都以休止符结尾的惯例？希望他不知道。约瑟夫嘴里正默默祷告的时候，听到彼得说："快吹啊。"

约瑟夫举起了小号。

他似乎觉得自己经历过这一幕。他脚下的世界完全变了，宏伟的石砌建筑变成了木质建筑。一片火海下，身材矮小、面貌丑陋的鞑靼人骑着矮马横冲直撞。近在咫尺的地方，一个人翻身下马，从肩上取下一张弓，并从箭筒中抽出一支铁头箭。弓拉满，箭飞出。

约瑟夫吹响了小号。

彼得点了点头。他对《海那圣歌》并不陌生，知道眼前这个孩子跟平时吹奏的一样。不过，他知道的也就这么多。约瑟夫吹到曲子平时应该结束的地方时犹豫了一下，这一次他自作主张多吹了三个音符，把整首曲子完整地吹奏了一遍。多吹最后几个音符需要鼓起巨大的勇气，因为他知道哥萨克人的匕首随时可能割断自己的喉咙。吹完后，他放下小号，往四周看了一眼。

血液轰的一声涌上他的头顶。不过，这个哥萨克人正满意地点着头呢！这么说，他的确没听出破绽！

随即，约瑟夫依次走到南面、东面和北面的窗口，像刚才一样吹奏了三遍《海那圣歌》。

"现在，赶快带我去你家！"

彼得吩咐手下好好看着安德鲁，然后抓着约瑟夫的一条手臂把他往楼下推。下面广场上一个人影也没有，他们躲在月光下的阴影里，悄无声息地朝克拉科夫大学校区方向走去。彼得又一次为自己的计划顺利进行而得意扬扬。他一边走一边四处张望着，想找一个僻静的角落。他决定拿到水晶球后，在返回塔楼的路上就用自己的匕首干掉约瑟夫；然后再干掉切尔涅茨基先生，这样一来，他们这次行动就再也没人知道了，也就没人告发他们了。第二天，他们乔装成亚美尼亚商队，就可以畅行无阻地出城了。

第十二章

伊丽莎白没有听到休止符

这天晚上发生了这么些事情，的确不寻常。就在这天晚上的几个小时前，一个小姑娘从三楼炼金术士克罗伊茨家出来，偷偷下楼，来到二楼的切尔涅茨基先生家门口，轻轻地敲了三下门。大约等了一分钟，门朝里打开了一条小缝，约瑟夫的妈妈透过门缝小心谨慎地往门外瞧。

她认出门外的人是伊丽莎白，便立刻热情地说："进来吧，孩子。"

切尔涅茨基太太把沉甸甸的门闩重新插好，确定门已经锁好后，问道："这么晚了，你怎么从家里跑出来了？那个学生特林最近又来烦你和你叔叔了吗？还是出别的事情了？来，到桌子这边坐，跟我说说到底发生什么事了。我快做完今天的针线活了。”

"您猜得没错，"伊丽莎白回答道，"就是那个学生特林。他跟我叔叔现在就在阁楼里，我有点害怕，他们今天晚上说的话比以前更不正常了。"

"今天晚上你一定要留在这里跟我睡，"切尔涅茨基太太说，"你叔叔这样的大学者竟然跟特林那样的学生混在一起，真是太可惜了。我很怕那个学生，我觉得他虽然样子长得像年轻人，内心却老奸巨猾，犹如一个返老还童的人。每次用那双又大又黑的眼睛看我时，他仿佛是在琢磨什么可怕的事情。"

"我非常乐意留在这里陪您，妈妈。"伊丽莎白高兴地回答。几个月下来，小姑娘跟切尔涅茨基太太建立了母女般亲密的感情。"不过，我自己倒不害怕那个学生特林，倒是这几个星期以来，我叔叔的行为让我挺不放心的，尤其是那天晚上有人闯进来偷东西之后，他就像变了一个人似的。"她说。

"我也注意到了，"切尔涅茨基太太说道，"可是，他对你不好了吗？"

"哦，没有！从来没有。但是，他跟我们当初搬到这里的时候完全不一样。那时候他总是高高兴兴的，跟我有说有笑。我们觉得哪个地方好玩，哪个东西好看，他都巴不得带我去玩、去看。现在，他好像完全不关心我，一天到晚都跟做梦似的。有时候我跟他说话，他就像没听见一样。有时候我说话他倒也会回应，可就是牛头不对马嘴，答非所问，说一些我想都想不到的话。我担心他被什么不好的东西附体了。"

"都是那个特林闹的。"

"就是，我觉得他要负很大的责任。他们俩每天晚上都待在一起，在我头顶的阁楼里一起做实验。我偶尔能听到他们来回走动的声音，可有时候又什么声音都没有，安静得可怕。"

"亲爱的孩子，"切尔涅茨基太太放下了手中的针线活，"这里永远都是你的家。遇上什么烦心事，随时欢迎你过来，这张小床随时都给你准备着。你大概也知道，我们家也遇到了不小的麻烦。那个该死的晚上之后，我先生也变了……不过，大家肯定也感觉得到，在这里我们家拥有这么多让人觉得幸福的东西，有孩子、亲情、吃的、住的——人为什么总是唉声叹气，要去追求自己没有的东西呢？"

"以前我们是多么快乐啊，"伊丽莎白接着说，"我觉得是那个特林用魔法迷惑了我叔叔，而我叔叔抵抗不住他的诱惑。"

"上帝会保佑我们的，"切尔涅茨基太太一边激动地大声说，一边在胸口比画着十字，"对了，你知道他们在阁楼上干什么吗？"

"一点都不知道呢，"小姑娘打了个冷战，"肯定是很可怕的事情。今天晚上，他们又像第一次待在一起时那样，说的话奇奇怪怪的，我非常害怕。之后，他们说话的语气比之前任何时候都激动、狂热。我叔叔一遍又一遍地说：'这样会把我逼疯的！'而特林又跟他说：'不会有任何伤害的，再试一次吧。'之后又是一阵寂静。接着，我叔叔说了几句胡话。我害怕极了，就跑到这里来了。"

"我可怜的孩子啊。"

"就在我要下楼的时候，我听见特林像对待一个普通的仆人一样跟我叔叔交代着什么。我叔叔不但没有生气，反而像是在尽力讨好他。最后，特林说：'现在你必须这么做。关于如何把黄铜变成金子，你必须破解其中的秘密。一旦你拥有了金子，就有能力做任何事情。你可以周游世界，看遍世上的一切；你可以跟着最著名的学者一起做研究；你可以想买什么就买什么。'他一遍又一遍地说'金子'这个词。我觉得特林说话的时候，我叔叔应该是在做什么实验，因为他一句话也没有回。"

切尔涅茨基太太摇了摇头。"我之前也听说过，有人想要用贱金属提炼金子，可是从来都没有人成功

过……"这时，她觉得有必要转移小姑娘的注意力，让
她别再想这些烦心事。于是她转换话题，说道："这几
天夜里，约瑟夫跟他爸爸都不在家，我时常感觉孤单。
不过，我经常守着时间听教堂塔楼传来的小号声，这样
我就知道他们父子俩平安无事。"

"我也是。约瑟夫凌晨 2 点开始吹号。我们之间有
个秘密，只有我跟他两个人知道，我也一直守着时间听
他吹号。"

"天啊，孩子。你是说每天的夜里 2 点你还没睡
觉吗？"

"是的，只要是约瑟夫吹号，我就等着听。他是我
最好的朋友，朋友之间应该信守诺言。"

"什么时候是约瑟夫在吹，什么时候是他爸爸在吹，
你能分辨出来吗？"

"一开始，我很容易就能分辨出来，可是现在就难
多了。不过，我觉得即便不知道他们分别在什么时间吹
号，我也能分辨出是谁在吹，约瑟夫吹得没有他爸爸响

亮，不过他吹得和他爸爸越来越像了。"

　　她们接着聊了些别的事情，一直聊到深夜。最后，切尔涅茨基太太把安德鲁父子做的小沙发收拾好，当成一张床给伊丽莎白睡。小沙发离房门不远，就放在窗户正下方，窗户上挂着帘子。这几天天气晴朗，窗户一直开着，伊丽莎白能清楚地听到外面的动静，特别是教堂的钟声和小号声，因为窗户正对着塔楼的方向。约瑟夫的妈妈则回到里屋，约瑟夫在教堂值班的夜里她就睡在那里。伊丽莎白担心她叔叔会突然来叫她，就没有脱衣服，直接往沙发上一躺，准备睡觉。

　　伊丽莎白发现自己怎么也睡不着。脑子里总是不停地闪现她叔叔和特林发生了可怕事情的画面，这让她的思绪犹如茶壶里的沸水一般翻腾不已。她不断想起人们的议论、其他学生的指指点点、街头巷尾的窃窃私语，人们说克罗伊茨先生正在研究一种可怕的妖术。

　　在那个迷信的时代，人们相信人可以召唤邪恶力量去为非作歹，他们相信人死之后的灵魂长时间在人迹稀少的地方出没。只要你知道如何跟它们交流，它们就会回答你的问题。要是有一只黑猫在你眼前路过，说明厄运会降临到你头上；要是某座废弃教堂的塔楼上有一只猫头鹰在午夜 12 点鸣叫，说明有巫师骑着扫帚或树枝在天空飞过；要是有狗在夜里嚎叫，说明附近有人快死了。

有些人为了图谋个人利益，故意散播这类迷信的说法。这些人绝大多数是巫师和魔法师，他们给那些容易上当受骗的人算命或消灾，以此骗取钱财。他们当中或许有极少数人对自己的那一套深信不疑，但是大部分人是昧着良心、毫无道德底线、彻头彻尾的骗子。他们身穿黑袍，装模作样，手段阴险恶毒，纯粹是为了吓唬那些迷信的人乖乖掏钱。这些魔法师出售一种叫作"符咒"的东西，说它们可以让人远离厄运。例如，黑色小石球可以让人不被蛇咬；被闪电击中的沙子变成的黄色玻璃状的东西有很高的药用价值，说是碾碎了内服，能治疗胃病，装进小袋子里、挂到脖子上还能避开闪电；

从猫、狗或兔子身上取出的小骨头可以给人带来财运；青蛙的心脏有很多神秘的作用……

就拿炼金术士克罗伊茨来说，他正在做的实验不仅损害他的健康，还损害他的神志，这是显而易见的事实。像他那样身体强壮、意志坚强的人，发生了如此巨大的变化，根本不正常。伊丽莎白躺在那里无法入睡，思绪万千，脑子里都是千奇百怪的令她担心害怕的想法。比如，她担心叔叔的灵魂已经不属于他自己了，而是已经被特林控制了；她担心特林会以牺牲她叔叔为代价换取研究成果，她叔叔可是他的老师啊。

凌晨 1 点钟的小号声已经响起了，可她还是没能睡着。她情不自禁地想到她叔叔跟特林，脑子里全是离奇古怪的画面：她看到他们两人的脸扭曲变形，变成了怪物。有病或心事重重的人在身体疲惫而大脑却高度活跃的时候，常常会出现这种幻觉。前一分钟，她叔叔的体形还是正常的，可是过一会儿就缩小了，再过一会儿又突然变大了，缩小或是变大都非常突然，毫无征兆。那个特林一会儿是个大学生的样子，一会儿又变成了顶着南瓜头的怪物，他的身体越变越大，整个天空都被他黑暗的影子遮住了。他们两个人忙着做各种各样的坏事：比如从篮子里倒出一大群用旧鞋变出来的蝙蝠；跳到空中去抓老鹰之类的大鸟，把它们关进阁楼里；把咝咝作响、噗噗冒泡、泛着泡沫的灼热液体混在一起……他们手头同时做着好多件事情，每一件都显得邪恶歹毒。这些半梦半醒之间出现的幻觉在伊丽莎白的脑子里差不多持续了一个小时，教堂塔楼的铜钟突然响了两下。

"2点钟了。"她顿时兴奋起来，之前脑子里那些模糊的幻影一下子全没了。

《海那圣歌》的号声响起。"这是约瑟夫在吹号。"她心里这么想着。

她立刻哼唱了起来，一个音符一个音符地紧跟着约瑟夫的号声——到了曲子该终止的地方，她停了下来，等着约瑟夫到第二扇窗户去吹奏。但就在下一秒，她无比吃惊地意识到：约瑟夫并没有在《海那圣歌》结尾有休止符的地方停下，而是多吹了两三个音符，像吹奏普通曲子一样，把整首曲子完整地吹奏了一遍。

伊丽莎白骨碌一下从床上坐了起来，觉得有可能是自己的耳朵跟自己开了个玩笑。"说不定是因为我半梦半醒间脑子不清醒，"她心里这样想，"他吹第二遍的时候我得竖起耳朵来听，听得更专心、更仔细。"

约瑟夫开始在南面的窗口吹奏。这一次，伊丽莎白没有跟着哼唱，而是一个音符一个音符，专心致志地听。曲子结束后，她意识到这一次约瑟夫也没有在原本应该终止的休止符处停下来，而是继续往下吹了几个音符，让他的《海那圣歌》成了一首完整的曲子，而不是中途终止的旋律。

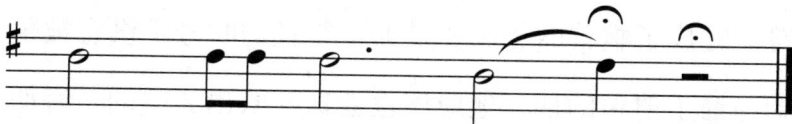

如上，原本《海那圣歌》应该在一个休止符处终止的。

而约瑟夫今天吹奏的《海那圣歌》增加了几个音符。

"他确实吹错了。"伊丽莎白对自己说。

约瑟夫随后在东面的窗口吹奏，可是这一次，风把小号声吹远了。最后他来到北面的窗口，吹响了最后一次小号，号声清晰地传到了伊丽莎白的耳朵里。"这次我一定要搞清楚。"她自言自语。

一开始，她以为约瑟夫会在休止符处停下来，因为他的小号声在那个音符处犹豫了一下，不过之后他还是继续往下吹了，仿佛在说："我知道应该在这里停下来的，但是我故意没有停下。"然后他又吹了几个音符，完成了整首曲子。要是那个年轻的吹号手没有被鞑靼弓箭手射中的话，他应该也会这样吹出完整的《海那圣歌》。

伊丽莎白跳下床，站起身来……约瑟夫一定是故意这么吹的！他已经是个很出色的吹号手了，同样的错误绝对不可能犯三次。

可是这……这……这是什么意思呢？约瑟夫遇到麻烦了吗？但教堂里有大警钟啊，一旦拉响警钟，整座城的人都会马上惊醒的。每当遇到城里起火、外敌入侵、自卫反击，以及暴乱、外国国王来访、宣战等大事时，教堂的钟声都会拉响的。

约瑟夫绝对不会拿这么神圣的《海那圣歌》来逗乐——这么说来，为什么？为什么？为什么他不拉响警钟呢？

答案只有一个！其实第一遍的《海那圣歌》吹错第一个音符的时候，伊丽莎白就隐约意识到了。这是给她的信号——给伊丽莎白·克罗伊茨的信号！约瑟夫一定遇到了反常情况，遇到了不同寻常的危险！他指望着她还记得之前开玩笑时说出的那个小秘密，他指望着她明白自己遇上麻烦了。哎呀，说不定他彻底被人控制了，无法脱身——伊丽莎白的直觉已经很接近实际情况了——说不定有人在监视他，所以他根本没有办法拉响警钟！

没错，约瑟夫的小号就是特意吹给她听的。

她必须采取行动，必须帮助约瑟夫，立刻——马上！只是，怎么做才是最好的办法呢？她不能吵醒切尔涅茨基太太——那她该不该去叫她叔叔呢？他跟约翰·特林还待在阁楼呢，阁楼里还亮着灯，她也没听到特林下楼的声音。她知道，他们只会笑她大惊小怪，然后打发她回去睡觉。想到这儿，她悄无声息地离开沙发床，穿过房间，走到门口，拉开门闩，打开了房门。然后，她跨过门槛，关上房门，上楼回到自己家，拿上下面院子大门的钥匙，披了件斗篷。不一会儿，她就来到了大街上。

对一个赤手空拳的人来说，凌晨这个时间在大街上走是很危险的，更不用说一个手无寸铁的小姑娘了。因为现在正是狂欢作乐的夜猫子出巢活动的时候，赌徒、酒鬼、小偷之类城市中的渣滓和坏蛋或是潜伏在角落里，或是等待时机偷袭路人、抢走钱财。小偷跟杀人犯通常是团伙作案。假如巡夜队人数足够多，也可以对付他们。然而，巡夜队满足于给落入法网的少数罪犯实施严酷的刑罚，而让绝大多数犯罪者逍遥法外。所以，在漆黑一片的深夜城市街道上，人最可靠的朋友就是一把利剑或一根粗短的棍棒。

出了院墙，伊丽莎白就开始向自己的守护神——圣女伊丽莎白祷告。明亮的月光下，此时的鸽子街空无一人，她背贴着墙壁，在墙壁阴影的掩护下侧着身子朝左手边的十字街移动，准备从那里跑到一个街区之外的圣安街。她刚从墙体扶壁的掩护下走出来，站在街角，突然听到身后的鸽子街上传来男人说话的声音。她不敢回头看是谁，径直绕过街角冲进了十字街，在粗糙的鹅卵石路面上奔跑起来。

不过，还是有人看见了她。她听到有人冲她大声喊道："谁在那儿？"随即听见有人在后面追她。

"是个女的，我敢肯定。"她往前狂奔的时候，听到后面追她的人说。月亮仿佛悬挂在十字街的正上方，照得整条街上一个房屋的影子都没有。追她的人已经转过了鸽子街的街角，非常迅速地朝前面飞奔。

此时此刻，她想到了鞑靼兵和纽扣脸彼得，不过追她的人并不是这种暴徒。追她的只不过是一小帮穿着破衣烂衫的乞丐、小偷、骗子，只是为了敲诈路人几个格罗希买酒喝，或是找个安静的角落睡一觉。伊丽莎白这个年纪的小姑娘正是这帮可怜虫最中意的下手对象，抢劫她不需要担心因打斗受伤。再说，她的衣服或随身携带的包裹里说不定就有几个硬币能满足他们的需要呢。

"别跑了！别跑了！我们交个朋友嘛，"领头的人大声喊道，"我们是不会伤害这个时候出现在大街上的女人的！听着，你要去哪里，我们就陪你去哪里。"但这个人说话的语气让伊丽莎白跑得更快了。

她终于拐进了圣安街，这时追她的人就在她的身后。她现在唯一的希望就是扬·康提听到门铃声后赶紧来开门，要是她不能马上溜进去，后面的人就追上来了。

好在扬·康提很少让来向自己求助的人等太久。那天，他整晚都忙着写作。他要么在帮助遭难受困的人，要么在不停地写作——后来证明，这些作品在他去世之后对克拉科夫大学和整个文化界具有不可估量的价值。所以，听到门铃响时，他立即停下手头的工作，几步就来到了门口。他猛地把门打开时，小姑娘就从他身边冲进了屋里。

"是我，伊丽莎白·克罗伊茨，"她说，"好心的神父，我来找您是因为有件急事需要您立刻帮忙，现在，马上！不过请您先关上门，后面有人在追我。"

扬·康提把门关好了。看到这个小姑娘半夜三更飞奔几条街过来找自己，他感到十分惊讶，不过他并没有表露出来。事实上，他对各种各样突如其来的怪事已经司空见惯了。甚至在那些可怜的乞丐跑过他家门口，正奇怪他们追的小姑娘怎么突然不见了的时候，他都有一种冲动，想出去叫住他们问问情况，最后再给他们一点钱。因为他知道，要不是被贫穷和饥饿逼迫，这些人也不会做出如此极端的事情。不过，他意识到这个小姑娘遇到麻烦了，需要他立刻伸出援手，所以他立刻关上门，把她领到了自己的书房里。

"出什么事了，孩子？是不是又有强盗闯进你家了，还是你叔叔遇到麻烦了？我知道，一定是出了什么事。"

小姑娘尽可能详细地把事情的经过讲述了一遍，因为一路奔跑，加上心里替约瑟夫担心，她已经上气不接下气了。但愿神父不会笑话自己！但愿神父不会认为自己是在胡思乱想！所幸，这位可敬的神父听完她说的话后根本没有嘲笑她的意思。

"你说得对，"还没听她说完，扬·康提就迫不及待地大声惊叫道，"没有时间再等了。约瑟夫的处境肯定非常危险，愿上帝保佑他。为了你的安全，你就留在这里吧。我马上派大学的仆役去叫巡夜队，随后亲自跟他们去塔楼看看。我担心已经出事了。"

几分钟之后，三十个城市守卫全副武装朝着教堂的方向进发了。他们首先发现了被捆住丢在墓地的教堂守门人，给他松了绑。随后，他们从那扇没有上锁的小门进入塔楼，开始悄无声息、小心翼翼地登上楼梯。

与此同时，塔顶的哥萨克团伙对这次行动已经开始产生厌倦了。一开始，这个在半空中，而且是在教堂塔楼上攻击别人的主意激起了他们的好奇心和冒险欲，因为迄今为止他们完全没有体验过这种事情。所以，在傍晚时分，彼得需要十个人自愿跟着他去"前线"的时候，他们当中没有一个人愿意留守"后方"。

可是，事实证明这次任务非常简单，对这些嗜血狂徒来说毫无吸引力。事实上，彼得的计划如此周密，这高耸的堡垒如此安全，完全不被外界打扰。而等待头领返回的过程却如此无聊，在这凌晨时刻，他们一个个都昏昏欲睡了。除了负责看守切尔涅茨基先生的那个人以外，其他人要么懒洋洋地趴着休息，要么打起盹来。

所以，当城市守卫蹑手蹑脚、悄无声息地爬上塔顶时，这伙暴徒彻底惊呆了。事实上，他们还没来得及警惕起来，甚至还没反应过来到底发生了什么，就被捕了。看守安德鲁的那个人根本来不及执行头领的命令——就在他要割断切尔涅茨基先生喉咙的时候，自己就已经被俘虏了。

当城市守卫捆绑最后一个人的时候，约瑟夫从台阶上跑上来，一头扑进爸爸怀里。

"爸爸，爸爸，"他激动地大声说，"是伊丽莎白救了我们。"一想到这件事，他的两只眼睛就闪着亮光，"是伊丽莎白——伊丽莎白，"他不停地重复着小姑娘的名字，"她听出小号声和平时不同，因为今天晚上我没有在休止符处停下来，而是多吹了几个音符。于是她一个人大晚上的跑去找扬·康提帮忙，请他找来了城市守卫。我刚刚在楼梯下看到扬·康提神父，他把事情的经过全都告诉我了。"

"愿上帝保佑这个小姑娘，"切尔涅茨基先生感激地说，泪水涌上了他的眼睛，"那你呢，我的孩子，你是怎么逃出来的？我还担心——"

"拽着我回家的那个人听到街上有城市守卫在走动，等他意识到守卫队朝教堂行进的时候，他闪电般消失在夜色中了，根本顾不上管我。可是伊丽莎白还在神父家里等着。我必须赶快过去找她，把发生的一切全都告诉她，好好谢谢她今天晚上救了我们的命。"

最后，城市守卫押送着被逮捕的人离开了，切尔涅茨基先生却沉浸在自己的思绪中。

塔尔诺夫大水晶球！塔尔诺夫大水晶球！那个鞑靼人说自己是为它而来的。他说的是真话吗？如果不是，那他又为什么要到塔楼来偷袭自己呢？如果不是，他又为什么带着约瑟夫匆匆离开，临走之前还细心地叮嘱手下那帮人呢？如果他只是来报仇的，那自己跟约瑟夫也就活不到现在了。可是，如果袭击他家的那天晚上，彼得没有拿到水晶球，那么水晶球到底被谁拿走了？现在水晶球又在哪里呢？

第十三章
塔尔诺夫大水晶球

这是 4 月的一个傍晚，距离纽扣脸彼得袭击教堂塔楼的阴谋失败已经过去几个星期了，炼金术士克罗伊茨先生和学生约翰·特林正坐在克罗伊茨先生家楼上阁楼里的简易凳子上，两人因为对某个问题出现分歧而争得面红耳赤。虽然还是春天，但天气已经开始闷热，浅红色的夕阳正从远处的山峦上徐徐落下，阳光照在河对岸的克拉库斯山上，一片红霞灿灿。

特林坐的位置正好能透过小窗看见外面的阳光，而克罗伊茨先生则坐在房间靠里面的位置，那里的光线随着夜幕降临变得越来越暗。他们头顶的斜墙上挂着炼金术士做实验用的各种药水瓶和玻璃试管，犹如宝石般闪闪发光。炭火盆里的东西时不时地咝咝作响，时而喷出小火苗或者冒出黑烟，简直像一条巨蛇突然扬起它那细长的头，随后又安静地盘卧在草地上一样。

"我告诉你，我已经受够了。"特林之前肯定说了什么，炼金术士才会这样回应他，"我决定放弃我们已经冒险开始的这个科学实验，回去继续我之前的研究，那才更适合我这种敬畏上帝的人。"

听了这话，特林哈哈一笑，笑声不大但很瘆人。"您就这点胆量？"他反问道，"您信誓旦旦地说，要探索未知世界的奇妙，原来只有这点勇气。得啦。"过了一会儿，他好像改变了交流策略——毕竟眼前这个人现在已经完全在他的掌控之中了，或者说他是这么想的——继续说："好了，你得把事情往好的方面想，我们已经走过了最艰难的阶段。我们两个已经在这项研究上花费了那么长的时间，也付出了那么多的精力，胜利就在眼前了。您是不是因为被催眠的次数太多，累着了，才坚持不下去了？"

炼金术士把脑袋深深地埋在臂弯里，不停地重复道："我累了——我真的累了。"

特林厌恶地看着他，虽然气话已经到了嘴边，但他还是克制住了，转而用更和缓的语气开口了。

"这么说的话，假如实验出了什么问题，那一定是您的责任了，克罗伊茨先生。我真是搞不明白，您这么强壮的一个人，竟然会因为我给您做的这几个简单的实验而累成这样。我给很多人都做过类似的催眠，时间还更长，从来没有造成过什么精神上的危害。不仅如此，他们也没有因此而出现过任何体力上的损耗。"

"唉，"炼金术士呜咽着说，仿佛在坦白一个错误，"其实一直以来，除了你给我做催眠，我还受到了别的不间断的催眠。"

"什么？"特林惊讶地从凳子上跳了起来，"你说什么？你还被别人催眠过？这么说，别人也知道了我们两个的秘密？还有谁掌握了这项罕见的技艺？我以为除了我，这座城市再也没有人会这种催眠术了。"他两只眼睛瞪着克罗伊茨先生，毫不掩饰他的憎恶，手指也不由自主地伸向腰间别着的短剑手柄。虽说特林只是个年轻人，但是他非常看重自己的超自然力量。同时，他的愤怒情绪中也有恐惧的成分——因为当时的地方政府对被法官指控为装神弄鬼、搞歪门邪道的人往往严惩不贷。常见的刑罚为刺面、鞭刑、杖刑、流放等，重刑犯有时甚至会被处以死刑。

特林的超能力虽然在当时看起来很神秘，但对今天的我们来说，并不难解释。某些人所谓"催眠"，其实就是引导人进入我们今天所说的深度睡眠状态。在那个几乎人人迷信的年代，催眠被看作邪恶的魔鬼在世界上实施的最邪恶的法术。从某种程度上讲，特林就拥有这种能力，能够对自愿接受催眠的人进行催眠，而炼金术士克罗伊茨先生一心想要破解点石成金秘密的过程中，成了那个心甘情愿接受催眠的人，因为成功之后的结果被特林吹得天花乱坠，让人欲罢不能。

在大多数催眠案例中，催眠师都能逐渐控制他的催眠对象。所以，短短几个月之后，炼金术士已经变成了特林手里的一个工具。特林对他的能力和学术成就了如指掌，能毫不犹豫地利用这些资源来达到自己的目的。不过，他还是非常谨慎，一再嘱咐炼金术士对这件事情绝对保密，因为他们使用的这些把戏一旦被人知晓，他们俩谁也逃不出严厉、迅速的法律制裁。

"不是人，"可怜的炼金术士回答说，"催眠我的不是人，可能是……魔鬼！"

"魔鬼？"听到这个回答，特林站在那里一动不动，仿佛遭到雷劈一般。这个炼金术士是不是疯了？

"没错，就是魔鬼。我实在受不了了。"炼金术士突然从凳子上站起来，冲着特林大声喊道，"你拥有常人没有的超能力，我灵魂深处的大部分事情你都知道。我这门古老技艺的关键步骤、操作技巧、化学反应的原理——所有这些你都知道。不过，我有一个秘密没有告诉你，一个巨大的秘密，它犹如一桩沉重的心事压弯了我的肩膀，犹如一项罪行玷污了我的心。过来，注意看，我给你看一样东西，它的力量你连做梦都想不到。你看……"他的语气变得更激动、更狂热了，声音也颤抖起来。他拖着脚步在阁楼里走来走去，好像在为什么实验做准备：只见他在屋子正中央放了一个实验用的三脚架，用链子把上面的铜架缠绕起来，仿佛准备在上面放一个碗。接着，他给角落里的一个大箱子开了锁，从里面拿出一个用黑布包裹着的东西，放在三脚架上。

"现在我们弄点光亮出来吧。"他说。

他在装满热炭的火盆里撒了一些粉末，火舌顿时从火盆里蹿了上来。整个房间都被火光照得通明，其中最显眼的是三脚架上面那个被黑布包裹的神秘东西。炼金术士猛地揭开了外面包裹着的黑布。

黑布下面露出来了一个清澈如水的水晶球！三脚架的铜架上瞬间闪烁着奇迹般的色彩和光芒。这个水晶球大约跟人头一般大，完全没有人工雕琢的痕迹，是大自然孕育了它：它形成于地下岩洞的最深处，由水滴成千上万年往下不间断地滴落侵蚀而成。水晶球表面犹如山泉水一般清澈透明，眼睛穿过表面一直往里面看，可以看到一丝淡蓝色的光芒，正中心则泛着天然的玫瑰色。水晶球流光溢彩，璀璨夺目，看着它，仿佛凝视着浩瀚无垠的大海。

"我的天，"特林惊讶地尖叫起来，"这是什么？"

炼金术士仿佛置身教堂一般，压低声音说："是塔尔诺夫大水晶球。"

"塔尔诺夫大水晶球！"特林一遍又一遍地重复着，"塔尔诺夫大水晶球……这可是炼金术士和魔法师几百年来一直在寻找的宝石啊。塔尔诺夫大水晶球！"他非常兴奋，不禁大声喊起来："天啊，老兄，这可是古往今来最珍贵的宝物啊。"他脑子里突然闪过一个念头——自己有可能把宝物占为己有。想到这儿，他抑制不住心中的狂喜，忍不住在阁楼里蹦跶起来。"现在我明白了，"他接着说，"要是您一直盯着这个宝物——实际上您已经被魔鬼控制了。哎呀，您知道吗？这个水晶球可以让一个人进入催眠状态，从而坦露他内心所有的秘密。您知道吗？我们一直在努力探索的点石成金的秘密现在可以破解了，这一点确定无疑了。"说完这些，特林慢慢地靠近水晶球，贪婪地凝视着，犹如一个口渴难熬的人看到了水井一般。

塔尔诺夫大水晶球有一种奇特的属性，也许世界上所有大水晶球都拥有这种奇特的属性：人们每次看它时，看到的景象都不一样。这可能是由许多原因造成的，其中一个客观事实是，它周围的光线每一刻都不一样，明暗随时在变化；也可能是这个水晶球拥有一种不可思议的特性，那就是只要你盯着它看，它便可以把你深藏在脑子里的潜意识显现出来。当然，一开始人们只是被它的美丽所吸引，比如它澄净的颜色、神奇的光芒、瞬息万变的景象。除了这些，它还拥有一种无法言说的魅力，一种与生俱来的魔力。钻石同样具备这种吸引力，魅力很大。当然，钻石体积太小，很难吸引人们长时间盯着它看。水晶球就不同了，由于它大小适中、质地纯净，刚好吸引人们的眼球。

在中世纪的魔法师眼里，塔尔诺夫大水晶球简直是水晶中的极品。尽管正统的学者跟科学家——比如天文学家、炼金术士之类，对魔法师这个行当嗤之以鼻，但在当时，科学和魔法之间还没有泾渭分明的界限。其结果往往是：许多原本只想一心一意搞科学研究的人，后来发现自己其实是在操练法术。克罗伊茨先生便是如此，他平时从来没有涉猎魔法或任何形式的妖术——直到现在，他完全被学生特林所控制，特林的满腔狂热让他失去了理智。

"我告诉你，我已经受够了。"这时，炼金术士又开始重复之前说过的话，"为了得到这个水晶球，我已经出卖了自己的灵魂，我决定把它还给它的合法主人。这个水晶球制造了罪恶和鲜血，悲惨的历史或许可以追溯到开天辟地之时。"

"还回去?!"特林大声叫道，"你要把它还回去?!哎呀，克罗伊茨先生，听我跟您说。我不知道您是如何得到这个东西的——我现在也不问——可是您都没有为了咱们共同的目标使用过它，那您离我心目中的那个人就差远了。咱们先试一试再还回去也不迟啊，就算这是您通过不正当手段得来的，或者您现在觉得留着它良心有愧，或许我——"

"不，不，约翰·特林，"炼金术士加重语气大声说，"我一定要把它还给它的合法主人。我一直保守着这个秘密，就是因为我知道你会抵挡不住这个诱惑——事实上，要不是我实在受不了它带给我的折磨，这个秘密我绝对不会告诉你的。"

"听您的吧，"特林迁就了炼金术士，做出了让步，不再坚持自己的做法，不过他的眼睛透露着另一种目的，"不过首先，咱们用它来学习一下如何把贱金属变成金子吧。我相信我们一定能成功。这样一来，我们就不用理会大学里那些老学究的嘲笑了。"

"那咱们最好速战速决，"炼金术士回应道，"我盯着这个闪闪发光的东西实在太久了。"

"您之前就应该告诉我的。"特林又一次摆出一副善意的姿态。

"不过，说实话，"炼金术士继续说，"对咱们能利用这个水晶球破解秘密，我表示怀疑。我现在有个想法，可能不一定对，我觉得这个水晶球只能反射我们自己的想法。我们不能像指望一个好朋友一样，指望它告诉我们本身不知道的秘密。我们不能指望对它许愿就能实现愿望。我开始怀疑它了。"说到这儿，他站起身来，开始在房间里踱来踱去。"水晶球已经对我产生了不好的影响。我无法再像从前一样客观地看待这个人类世界了。每当我盯着它看上几分钟，我的脑子里就会有邪念浮现出来。我对这类研究颇感兴趣，我发现只要盯着这个水晶球中间那部分看，它就会产生一种巨大的吸引力，让人无法自拔。我刚才说过，我对这类研究兴趣浓厚，就算世界上只剩下我一个人，我也会继续研究下去，直到穷尽人类思想的极限。可是有时候，我觉得自己的灵魂被这个水晶球璀璨的光芒给困住了。"

"我能否冒昧地问一句，"此时的特林再也无法克制自己的好奇心，于是开口问道，"水晶球是如何到您手上的？"

"是这么回事——"炼金术士不想再把这个秘密憋在心里，于是爽快地说，"前段时间，某个晚上，一伙小偷来到这里，我用希腊火药跟硝石对付了他们。"

"然后呢？"

"那时这个水晶球还是我们楼下那户人家的呢。"

"什么？！您说的是姓科瓦尔斯基的那对吹号手父子吗？"

"没错，不过那不是他们的真姓。他们的真姓是切尔涅茨基，之前住在乌克兰。"

"我明白了。那帮小偷呢？应该就是那帮从第聂伯河沿岸就开始跟踪他们一家的鞑靼人和哥萨克人吧？"

"正是，我用炸药出其不意地袭击他们的时候，水晶球就在他们的头领手中。他被我的攻击弄得措手不及，再加上火药烧灼他的脸时的疼痛，那个头领就把水晶球落下了。水晶球滚落在地板上，我猛扑过去捡起了它。"

"可是，切尔涅茨基一家又是如何得到它的呢？"特林急不可耐地问。

"事情是这样的。13世纪的时候，波兰饱受鞑靼兵的攻击，其中有一个居民村，也就是现在的塔尔诺夫，那里住着切尔涅茨基家族，当然还住着其他家族。那时，一个名叫安德鲁·切尔涅茨基的人展现出英雄气概，率领人们击退了鞑靼兵。人们把那个后来被称为'塔尔诺夫大水晶球'的水晶球托付给他保管。是它为该地增光添彩，甚至连国王都亲自前往，一睹它的风采。它的魅力不光在于它价值连城、美丽无双，更在于你之前提到的那些广为流传的功能：人们只要盯着它，就可以知晓过去的秘密，预测未来的秘密；能发现别人内心的想法；能呼风唤雨；能像鸟一样在天上飞；能隐身行走；能点石成金……那时任何人都不允许盯着它三分钟以上，因为即便只看三分钟，人也会头晕目眩，进而脑子里出现离奇古怪的想法。"

"可是，切尔涅茨基家族又是如何守护水晶球，不让它被鞑靼兵抢走的呢？"

"他们带着它逃到喀尔巴阡山上，一直隐居在那里，直到鞑靼人巴图被迫撤军，返回金帐汗国。自那以后，水晶球就在切尔涅茨基家族中由嫡子代代相传，一直传到楼下这个安德鲁·切尔涅茨基的祖先那里。弗拉迪斯拉斯·雅盖隆时代，乌克兰被划归波兰后，安德鲁·切尔涅茨基在乌克兰定居。当然，安德鲁·切尔涅茨基这个名字在波兰太普通了，所以这个人搬到我们楼下这个简陋的住处时，我并没有多想，压根没想到他就是守护塔尔诺夫大水晶球的切尔涅茨基家族的成员。"

"这些都是他亲口告诉您的吗？"

"没错。水晶球消失的第二天，他就全告诉我了，他以为我早就知道他的真姓和他过往的经历了。"

"您之前听说过这个水晶球吗？"

"有哪个炼金术士没有听说过它呢？"他回答道，

"据我所知，最早它是被人从东方的某个地方传到了埃及，在一个神庙里供奉了很多年。罗马人征服埃及以后，这个水晶球又传到了罗马。在罗马帝国向黑海周边殖民扩张之际，一个罗马军官爱上了一个特兰西瓦尼亚姑娘，而他所在的军团恰好被派驻在那里，于是这个军官趁机从神庙里把水晶球偷出来送给她。不料事情败露，国王便派了一队士兵去追捕他，但他逃到了现在的哈利茨地区——当时罗马帝国称为加利西亚的地方。之后他跟妻子隐姓埋名，居住在一个偏远的居民村，也就是后来的塔尔诺夫，水晶球也一直留在那里，直到传到了切尔涅茨基家族手中。围绕着这个水晶球，成长起来了一批巫师、魔法师、妖术师、占星师和炼金术士——其中一些是对水晶球真心实意的信仰者，其他的则是冒充内行的骗子。"

"人们肯定无数次想要从切尔涅茨基家族手中把水晶球偷过来吧？"

"只有一次。随着时间的推移，水晶球的下落好像被淹没在了历史尘埃中，连炼金术士和占星师也一度失去了它的线索。直到有一天，安德鲁·切尔涅茨基家的一个仆人逃到东方之后泄露了这个秘密，他说水晶球在切尔涅茨基先生手里，于是有人便想得到它。你知道的，正是那次的图谋不轨，让切尔涅茨基先生在乌克兰的房子被烧、田产被毁。这帮匪徒的幕后指使者是谁我不知道，不过我觉得毋庸置疑的是，匪徒的头领肯定被某个位高权重的大人物收买了。"

"那天晚上被俘虏的匪徒什么情况都没有透露吗？"

"没有，我觉得他们应该确实什么都不知道。再说，大部分鞑靼人宁死也不会背信弃义、泄露秘密。严刑拷打他们是没用的。"

"切尔涅茨基先生有没有怀疑水晶球在您手里呢？"

"他把我当成好朋友。我没有把水晶球还回去，现在我打心底里感到惭愧和懊悔。"

"不过您想想，要不是您，那个哥萨克人肯定拿着水晶球逃之夭夭了，水晶球就永远都找不回来了。"

"话虽然可以这么说，可这根本不能成为我把水晶球占为己有的理由啊。我像个小偷一样把它拿到手。那天晚上，看到水晶球躺在切尔涅茨基先生家地板上的第一眼，我就想得到它，为了得到它，哪怕让我下地狱都在所不惜。水晶球拿到手之后，趁楼下院子里人们的注意力都在匪徒和在屋顶逃跑的匪徒头领身上时，我偷偷把它藏在自己的外套里，带到了阁楼上。"

"这事您干得漂亮！"特林说道，一时间，他的脑子里顿时升起一个无法无天的念头，"看——快看水晶球啊！它熠熠生辉，犹如一个生命在敏捷灵巧地跳舞，仿佛随时准备讲述它的秘密。快，把您的椅子拉到它旁边去，跟之前我给您催眠时您拿把椅子坐在我身边一样，盯着水晶球。"他两只眼睛盯着迟疑不决的炼金术士，犹如一条毒蛇盯着一只无助的小鸟，"现在，咱们一起做这个最伟大的实验吧。"

炼金术士顺从地按照特林的吩咐，把椅子挪到水晶球旁边，目不转睛地盯着它。特林则在稍远处注视着炼

金术士。一分钟，两分钟，三分钟——炼金术士还在盯
着水晶球，此时的特林仿佛猫抓老鼠游戏中的猫一样死
死地盯着他。四分钟，五分钟——炼金术士依旧坐在那
里，一动也没有动，不过坐姿稍微变了一下。他的胳膊
和脖子好像都僵住了，脸上的表情看上去完全变了一个
人，呼吸逐渐平稳，不过呼吸间隔的时间比平时更长、
更深，眼睛睁得大大的，全神贯注盯着前面的水晶球。

"听我说！"特林命令道，语气很严厉。

"我听着呢。"炼金术士立刻回答道。

特林兴奋得全身颤抖，这一次，炼金术士不仅进入
催眠状态的速度比之前任何一次都快，还能对自己的命
令做出回应。他原本担心水晶球的超能力会让克罗伊茨
先生不再理会他的命令。不过，可能是因为特林之前已
经对克罗伊茨先生催眠了很多次，他的脑子好像对特林
的命令形成了自动回应的条件反射。

"把你看到的都告诉我。"

"我看到一个犹如炼金术士实验室的大厅，里面摆

满了火盆和玻璃器皿等各种实验用的仪器设备。一些实验仪器中上下翻滚着流动的火焰，旁边还有几个硕大的铜壶，一阵一阵的蒸汽从铜壶中冒出来。"

"那你是闯进魔鬼的实验室了，"特林语气尖刻地说，"里面有人在做实验吗？"

炼金术士沉默了片刻，仿佛他的意识在整个巨大的实验室里四处走动，观察里面有没有人似的。

"里面一个人也没有。"他最后回答道。

"里面有手稿之类的东西吗？"特林继续问。

炼金术士又一次沉默了。随后，他说："有，墙上挂着一卷羊皮纸。"

"把它取下来。"

"烫手得很。"

"不要怕烫手。比起你得到的回报，这点痛根本算不了什么。"

"我拿到了。"

特林下意识地瞥了一眼处在催眠状态中的炼金术

士。真是够奇怪的，他的手看上去好像真的被高温烫得通红。"现在，把羊皮纸上的内容念给我听。"

炼金术士用拉丁语慢慢地回答，仿佛真的在念文字："上面记载的东西不好也不坏，但是所有人都想得到。"

"很好！现在把羊皮纸展开。"

炼金术士又一次沉默了。最后他终于开口说："我好像已经找到了。"

"念！"

"不行，我念不出来。全都是符号。"

"那就把它写下来。"特林敏捷地在炼金术士的大腿上悄悄放上一块板子，并往他手里塞了一支木质羽毛笔，羽毛笔已经蘸满了油漆般浓稠的墨水。接着，特林引导炼金术士把他握着笔的那只手放在板子上刚铺好的一张羊皮纸上。

炼金术士写下了以下文字和符号：

点金石配方：

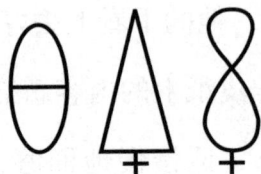

"还有什么？"

炼金术士接着写：

"乍一看不可思议的事情不一定都是假的，因为真相往往披着谎言的外衣。"

"不对。我说的不是这个，还有别的什么配方吗？"

炼金术士往水晶球前凑了凑，仿佛念文字一样朗诵起来：

"根据底比斯人奥林匹亚都拉斯、埃及人奥桑尼斯、拜占庭人皮塞洛斯和阿拉伯人吉雅布罗夫的说法，先把火盆架在火上烧热，在火盆里放入满满一瓶黄色硫黄，硫黄熔化，会释放气体，再慢慢往里面倒入产自水星的水银。两种物质相遇，转眼间就能从天然状态浓缩为泥土状态，这是一种没有活性、死气沉沉的黑色物质。然后，把这种没有活性的新物质放进一个密封的容器中，对它进行加热，然后它就突然恢复了活性，而且颜色也由黑色变成了亮红色。"

"写下来，快写下来。"特林激动地大声说，于是炼金术士按照吩咐全都写了下来。"还有什么?"特林说。

"还有不少呢。这上面共分七章阐述了炼金的关键步骤，比如翡翠桌、人类的牧人。自然征服自然、自然爱上自然、自然限制自然①等。"

"不用往下念了。这些都是没什么用的理论，"特林大声说，"赶快找找有没有制作点金石的方法，找到了赶紧写下来，这样咱们就可以把黄铜炼成金子了。"

炼金术士继续开口念："底比斯人佐西姆斯指出，用黄铜提炼金子的真正方法是：在上面提到的硫黄和水银的溶液中，加入印度的纯硝石，再加入黄铜，顷刻间就能炼出金子了。"

"快，赶紧行动。点燃火盆，把硫黄、水银和黄铜

---

① 这几章内容都是炼金术史上著名的文献资料。

拿出来，"特林说道，"你有印度纯硝石吗？"

"有。柜子第三层有一小包。"炼金术士回答道。特林跑过去拿到硝石，并把所有的实验材料都准备好。他是真的相信炼金术士已经找到了他们期盼已久的把贱金属变成黄金的方法，可他本人缺乏和炼金术相关的知识，所以他压根不知道此时此刻自己命令炼金术士配制的是人类历史上最危险的一种化学物质。而炼金术士是在被催眠状态下接受特林指示的，他已经失去了正常的意识，只是机械地执行特林的命令。实际上，他在被催眠状态下告诉特林的配方都是他自己平时研究出来的成果，只不过之前他没有想过要在加热的化合物中加入硝石，那是刚才他脑子感到疲惫时产生的幻觉。

特林正在匆匆忙忙准备各种实验材料，而克罗伊茨先生却唱起了一首赞美炼金术士和炼金术的拉丁语颂歌：

他把嫩枝变成金子，

他把普通石头变成宝石，

他为我们创造出取之不尽、用之不竭的

宝藏。

"赶紧制作点金石吧！"特林命令他说。

还处在被催眠状态下的炼金术士站起来，身子前倾看向火盆。只见盆底放着一种白色薄片状的易燃物，那是用来引火的东西。他从离自己更远的另一个火盆里取出一块煤放在上面。盆里瞬间变得一团漆黑，接着便是一阵噼噼的响声，温度升得很高，火盆里的东西燃烧了起来。一开始只是微弱的黄色火焰，后面就变成跳动的蓝色火焰了。克罗伊茨先生把一个装着硫黄的瓶子放进火中，顷刻间，硫黄开始冒气，团团烟雾充斥在房间里。

接着，炼金术士把水银倒进熔化的硫黄里。两人都急不可耐地朝火盆前倾着身子。正如羊皮纸上写的那样，不一会儿，盆里便产生了化学反应：闪闪发光的水银和熔化的硫黄混合在一起，变成了一种难看的黑色物质。

这时，特林又递给克罗伊茨先生一个有盖子的容器。接着，克罗伊茨先生把那些黑色物质放入第二个容器中，盖上盖子，放回火盆里加热。他的动作都很机械，仿佛在按照别人的指示操作。几秒钟过后，他打开了第二个容器。果然，黑色物质变成了鲜艳的红色液体。

"快，硝石，硝石。"站在他身边的特林激动地大声叫喊。

炼金术士从他手中接过装硝石的小包，直接把它扔进正在沸腾的液体中。似乎是出于自我保护的本能，操作刚完成，他就拉着特林往后一跳，跳到房间中央。就在特林破口大骂的那一瞬间，巨大的爆炸把整个阁楼震得摇晃起来！

"快，抱着水晶球下楼！"特林尖叫道，此时他已经迅速跑到了门口，正拼命拍打着衣服上的火星。

爆炸的碎片带着火苗蹿到屋顶的干草和墙壁上，火焰欢快地跳跃着蔓延开来。房间里的所有东西都开始熊熊燃烧，看这态势，再过两分钟，人就不可能逃出去了。炼金术士仍处在迷迷糊糊的状态中，听到特林的命令，他立刻拿起水晶球，朝楼梯口跑去。水晶球在他手里闪闪发光，仿佛无数颗钻石、红宝石和绿宝石反射着火焰的光芒。他右手用尽全力紧紧抱着水晶球，左手抓住楼梯栏杆，一会儿像喝醉酒的人一样摇摇晃晃，一会儿又重新站稳，跑到下一个台阶。不过，特林的动作就敏捷多了，炼金术士下到第三层的时候，他已经跑到楼下，冲出院子的大门，用尽全力大声呼喊巡夜人去报告水利官他头顶的房子着火了。可是一个巡夜的人也没看到，于是他以最快的速度一边跑去找人一边大声呼救。在他跑去找人的同时，克罗伊茨先生已经来到敞开的门口，随后消失在夜色中，塔尔诺夫大水晶就藏在他黑色长袍的褶层下面。

但在他身后，大火已经烧穿了他家的屋顶，火焰烧到了隔壁房子。几分钟过后，火焰畅行无阻地跳跃着穿过附近的一个开放球场，蔓延到了克拉科夫大学里的一个膳宿公寓。此时风向一转，火焰更是呈"沸腾"之势，朝着集市的方向迅速蔓延。炼金术士和特林从阁楼逃生后不到十五分钟，克拉科夫大学便整个陷入一场可怕的大火之中，火焰几乎要吞噬整个克拉科夫城。

第十四章

大火烧城

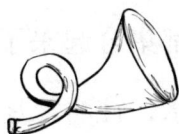

早年间，克拉科夫城划分为四个区——城堡区、陶工区、屠夫区以及斯拉夫科夫区。每个区都有一个区长，负责管理辖区内的所有事务，救火就是其主要职责之一。所以，当巡夜人发现该区一条街道受到大火威胁时，就立刻跑到区长家，一边敲他家大门一边用尽全力呼喊："着火啦！"好让仆人飞快地跑去叫区长。不一会儿，区长起床穿好衣服，派人去传唤主管城市水库和水渠的水利官。

同时，圣母玛利亚教堂塔楼上的守夜人也看到了燃烧的火焰，于是拉响了警钟。伴随着响亮的钟声，城市四个区全都回荡着"着火啦，着火啦"的大喊声。庄严的哥特式房屋和教堂被耀眼的火光照得通亮，四周一片混乱。水利官已经启动了救火机制，鼓手们走街串巷，不停地敲着鼓，叫醒商户和学徒，他们肩负着救火的重任。城里所有的行会都集合起来了，各家各户的仆人成群结队地给水桶装满水，往自家屋顶泼去。所有市民都忙着从墙上取下钩子、斧子和水桶准备救火。法律规定各家各户必备这些工具，以备不时之需。

在那个时代，任何一场火灾，不论火势大小，对克拉科夫城来说，都是大事。因为城里成千上万的房屋都是木质或半木质的，而且成片地连在一起，挤在人口密集的街上。古老的克拉科夫大学周围的大多数住宅非常古老，并且木材干燥，到处布满了蜘蛛网，房顶哪怕溅上一个火星也会迅速蔓延，发展为熊熊烈火和滚滚黑烟。随着火势蔓延到街上，惊慌失措的市民全都混乱地拥到了街上。每座建筑都是一派热闹的景象，从空中往下看，整个场景犹如一座巨大的蚁山，被有心捣鬼的园丁突然摧毁一般。

女人和小孩一边往屋子外面跑，一边大声尖叫着。身穿黑袍的学生飞奔到街上，手里抱着手稿跟羊皮纸文稿，其他人手里有拿玻璃管和星盘的，还有拿金属两脚规的。狂乱的仆人不知道要藏到哪里，只是像无头苍蝇一样乱跑，一心想要逃出这场不断蔓延的大火，逃离这滚滚热浪、鬼哭狼嚎的火场。孤注一掷的人们从窗户里往外扔东西，街上很快堆满了家具、衣服、床等各种各样的私人物品。火花犹如春雨一般溅落，有的物品一掉到街上就燃烧起来，这让想逃跑的人们的处境变得雪上加霜。有些院子里的人镇定沉着，正在全力以赴地救火，水盆和木桶也用上了，烧着的墙壁也推倒了。

水利官调集的水车排成了长队，从水渠一直连到了着火的建筑物，平时这些水车都是用马拉的。当天晚上也有一些水车是马拉的，但因为事发突然，一时间很难调集这么多马，所以只能让壮年男子和年轻小伙子去拉水车。而在水渠这边，人们正忙着给水车装水，水车装满后则立刻赶往近处的火场，倒空后，再从另一条街绕回水渠，等着继续装满水。水渠离起火点大约八分之一英里远。

水利官也派出了一队带着钩子和斧头的救火人员，他们将大火还没来得及烧的地方团团围住。从迅速蔓延的火势来看，克拉科夫大学区域几乎保不住了。这队救火人员奉命推倒了每一座可能会加剧火势的建筑，不论这些建筑是不是已经着了火。一队人马在方济各会教堂前面站成一排，另一队人马则安排在圣安街，还有一队人马前往布拉卡街。然而，全部人马不得不撤了回来，因为火势已经突破了最初的起火点，迅速向四面八方蔓延。市场上人声鼎沸，乱作一团，从鸽子街着火的地方逃出来的人都往这里挤。很快，空地上就堆满了从火场抢救出来的东西。有两户人家甚至把示众台都占了，两个妈妈正在那儿哄孩子们睡觉，终于找到一块可以休息的地方，她们心中充满了感激。

在这片忙乱与喧嚣中，一个中年女人、一个小男孩、一个小姑娘和一条狗从遍地家具残骸和私人物品的鸽子街艰难地逃了出来，街上的东西都是从窗户里扔出来的。起火的时候，他们都在睡觉，直到被大火包围了，他们才惊醒过来。所以除了身上穿的衣服之外，他们根本来不及抢救任何东西。这个小男孩就是约瑟夫，小姑娘是伊丽莎白，女人当然就是切尔涅茨基太太。"伍夫"是最害怕的那一个，约瑟夫已经给它松开了狗链，此时它跟在三个主人的后面，老老实实、乖巧顺从，不知道自己该做什么。

他们在混乱的人群中艰难地往外挤，每个人都想着各自的心事。约瑟夫心里一直盘算如何尽快地逃出火场。不过，这可不是一件容易的事，因为大火一直在恶作剧：它不像一面火墙似的笔直往前推进，而是转着圈地蔓延，一会儿烧到这里，一会儿又烧到那里，一会儿放过这座房子，一会儿抓住另一座房子不放，一会儿前进，一会儿后退，一会儿又侧移……动作之迅速令人惊叹，动作之轻快出人意料。有时候，头顶正上方的两个屋顶上喷射出一团火焰——他们冒着巨大的危险硬冲过去，然后发现已经成功地把火焰甩在了身后，随即为能呼吸到新鲜空气而无比高兴。前面不远处的房顶又毫无征兆地突然喷射出黑烟和火焰，好像有一个看不见的恶魔在操控一切，制造出一个新的险境，等待他们经过。

最后，他们逃出鸽子街，来到了一个十字巷，也就是今天的维斯尔纳巷，可是这条巷子已经遍地是浓烟滚滚的横梁和横七竖八的木料。想从这条路逃出去根本不可能，他们只能硬着头皮原路返回鸽子街，在最北端拐个弯到达布拉卡街，此外没有别的办法。

伊丽莎白一直在替她叔叔担心，不知道他究竟怎么样了。他们匆忙从着火的房子离开时喊过他，但是没有任何回应，而且阁楼上闪烁着红紫色火焰，炙热的火焰中，人根本不可能活下来。切尔涅茨基太太满脑子都是自己的丈夫，也不知道他是不是已经离开工作岗位，从教堂里跑回家去解救家人了。同时，她又希望他们能够尽快赶到教堂塔楼去跟丈夫会合，免得他太为他们担心。

鸽子街南端这一段的房屋稍微高一些，所以下面聚集了更多的冷空气。虽然这里的大火还在燃烧，但火势并不像房屋低矮的地方那么凶猛。这样一来，人们的速度便更快了。唯一的问题就是越来越多的人从三个方向一齐拥到街上，他们三个人很难不被冲散。最后，他们只能手挽着手，奋力在人群中冲出一条路。周围的景象十分悲惨，一心想逃命的人们被迫离开唯一的家，根本顾不上拿多少东西；混乱中跟家人失散的孩子尖声哭喊着，被你推我搡的人流裹挟着，几乎双脚悬空地往前移动；汹涌的人潮中还有羸弱的病人，有的被亲人背在背上，有的躺在帆布床上；有个老人骑坐在一个年轻人的肩上，就像希腊神话中的安喀塞斯国王骑在他儿子埃涅阿斯肩上逃离熊熊燃烧的特洛伊城一样。

他们终于逃到了大火还没烧到的安全地带；在这一点上，他们比当天晚上的很多人都要幸运许多。虽然约瑟夫也很想瘫倒在地上好好休息一下，不过他们三个刚缓过气，就又开始赶路，他们穿过布拉卡街朝市集广场的方向继续前进。约瑟夫心里希望，等他把妈妈和伊丽莎白安顿在爸爸值班的塔楼之后，他还能返回来帮忙救火，小伙子身上固有的那股勇气召唤着他加入这场战斗。当他们沿着布拉卡街前进的时候，约瑟夫突然听到一阵马蹄声从瓦维尔山方向传来。

"等一下，"约瑟夫一边说，一边拉着妈妈和伊丽莎白退到人行道上，"城堡那边派士兵到这里维持秩序来了。"

他说得没错。他话音刚落，一大群身穿锁子甲、手持长矛的骑兵从南面冲进布拉卡街。他们迅速排成一行，包围了这片马上就要被大火侵袭的地方。几分钟过后，步兵和工匠也来了，他们和卫兵一起推倒火场外围的建筑。攻城机械也被拉进了布拉卡街，在它的连续重击之下，那些大火即将蔓延到的建筑开始一座接一座地轰然倒塌。

"这样就能阻止火势蔓延了。"约瑟夫心里这么想着。

他们三个继续朝着教堂走去；经过市集广场时，他们看见一队士兵正拖拽着一个犯人往前走，这个犯人是在火场抓到的。

"那是个小偷。"约瑟夫说。

"天啊，"切尔涅茨基太太惊讶地大声喊道，"居然还有这么残忍的人?! 竟然趁火打劫已经被大火吓疯的可怜人。"

等这队士兵走近他们的时候，火把的光亮照在犯人的脸上，约瑟夫惊讶地叫出了声。

"天啊，妈妈，那个人是纽扣脸彼得！就是他带人偷袭了我们家。我们到达克拉科夫城那天碰到的坏人也是他！在教堂塔楼攻击我和爸爸的也是他……瞧，他正在那里挣扎呢。不过他已经被士兵抓住了。还有，妈妈，抓捕他的不是普通的城市守卫，而是国王的亲卫队。您看见他们头盔上的皇冠标志了吗？您注意到他们的穿着有多么华贵了吗？我真想知道这到底是怎么回事呢。"

约瑟夫又说对了。彼得终于落入了法网，这一次还是被国王的亲卫队抓住了。而且从亲卫队押解他的样子可以明显看出，他们认为抓到了一个要犯，可谓大功一件。经过关押审讯一般犯人的市政大楼时，亲卫队并没有停留，而是沿着城堡街径直朝瓦维尔山上的皇家城堡走去。

他们三个终于来到了教堂，切尔涅茨基先生已经急得满头大汗，生怕他们遭遇了不测。看到他们安然无恙，他挨个拥抱了他们，然后急切地对约瑟夫说："我希望你留在这里，替我吹完今天夜晚的《海那圣歌》。着火的地方肯定有很多事情要做，救火需要每个人都出一份力。我没看到克罗伊茨先生和你们一起过来。我猜，他应该留在火场正和其他人一起救火吧？"

"实际上，我也不知道他在哪里，老爸。我们喊了他很多次，但我们跑下楼的时候，他的阁楼已经变成了一团火焰，犹如一个呼呼作响的火炉。"

"那我一定得出去找找他，他之前帮了我们的大忙，是我们的大恩人。就算他真的遭遇不测，我们也要在废墟中找到他的尸首。上帝保佑，他一定会没事的。到时候他可以暂时先在这里落脚，然后再去找住的地方。"

可是，当约瑟夫告诉他彼得已经被抓的时候，他的脸色顿时严肃起来。他说要是彼得那伙手下还在城里，自己最好还是不要离开妻子和两个孩子。不过，他思索片刻后还是觉得自己应该去救火：既然现在整座城市都被火光照亮，即便家人们真的遇到危险，向人求救是一件很容易的事。

就这样，当天晚上切尔涅茨基先生加入了成千上万个英勇市民的队伍中，与克拉科夫城的大火搏斗。他们围成一个圈，将大火团团围住，推倒了周围所有可能使火势蔓延的建筑物。米纳斯学院是城墙一侧最后一座还未烧着的建筑；救火大军推倒了老犹太城门附近的房屋，终于在这里阻止了大火的进一步蔓延。但大火又迅速蔓延到了克拉科夫大学的其他几栋楼，虽然这几栋楼没有全部被烧毁，但其中一两栋也是在劫难逃。最终，火势在圣安街以北的第二条街得到了控制。而在另一个方向，大火一开始就烧毁了修道院跟方济各会教堂附近的房屋，然后穿过城堡街，将对面的一整排房屋夷为平地。

救火的人们在该区的这些地方和其他外围地带建了一条宽阔的防火带。店主们拉着水车，在水渠和防火带之间来回奔跑，不停地装水，倒空，再装水，再倒空，整条防火带全都被水浸透，几乎成了一道水墙。人们全力以赴，持续奋战了七八个小时，终于把火势控制住了。虽然有些房屋跟废墟在之后的几天里还在冒烟，甚至还冒着火焰，但是当这条被水充分浸透的防火带彻底完工的时候，大的危险已经过去了。

第二天早上，切尔涅茨基先生沐浴着灿烂的晨光回到教堂塔楼。此时，克拉科夫城几乎三分之一的地方已经变成了废墟。所幸，这些被毁的地方都不是什么重要区域。很多是先于卡齐米日大帝时代建成，一直保留至今的老木屋，而不是城里的繁华区域。一百多年前，卡齐米日大帝下令将克拉科夫城一半的木屋成功地改造成石屋。如果不是这样，1462 年的这场大火很可能将整个克拉科夫城彻底摧毁。

伊丽莎白和切尔涅茨基太太躺在吹号手的小床上，依偎在彼此的怀里睡着了。约瑟夫守在外面，沙漏就放在他面前的一块方木上。他面朝窗外，注视着大学校区冒着黑烟的废墟。

"城市救下来了吗？"这是他见到爸爸后问的第一个问题。

"现在已经没有危险了，"切尔涅茨基先生回答道，"不过，今天城里很多人都无家可归了。"

"您看见那个炼金术士了吗？"

"没有。他仿佛趁着城市烟雾弥漫时腾云驾雾飘走了。"

"可怜的伊丽莎白。"约瑟夫不禁难过地大声喊了出来。

听到有人在叫她的名字，屋里熟睡的小姑娘发出了低低的呻吟声。

"不知道他是不是被困在阁楼里了？"切尔涅茨基先生若有所思地说，"那里恰好是火源的中心。"

还没等切尔涅茨基先生想明白，这个问题的答案突然意外地出现了。此时此刻，楼梯上响起了一阵脚步声，扬·康提神父从下面的楼梯露出头来。他搀扶着另一个人的胳膊，从他那被烧焦的衣服和黑乎乎的脸上能看出来他是从大火中逃出来的：身上的黑袍破烂不堪，只剩下肩膀到腰间的部分。此时的他把两只手藏在黑袍下面。

"切尔涅茨基先生，"扬·康提轻声地说，"我在街上发现了——克罗伊茨先生。"见切尔涅茨基先生忍不住要惊呼出声，他赶忙制止并解释道："他神志不太清醒，脑子被什么东西控制了。不过，他这儿有一件我们所有人都感兴趣的东西。"

切尔涅茨基先生转身看着克罗伊茨——要不是扬·康提刚才解释过，切尔涅茨基先生无论如何也认不出他了。约瑟夫带着好奇又急切的心情，目不转睛地盯着眼前这张被熏黑的瘆人脸庞，还有交叉着藏在破袍下面的那双神秘的手。那原本是一件只有学者才能穿的长袍啊。

"哈哈哈！"炼金术士突然大笑起来，"大火把一切都烧毁了，可还是没有找到金子。约翰·特林啊！"他神情焦虑地朝四周看着，"约翰·特林在哪里？他还没回答我呢。他消失在大火中了。硝石加进炭火之后，火焰就变成耀眼的红紫色！哦，约翰·特林！快来啊，约翰·特林，来看看我为了你在这漫长的一夜都拿着什么东西吧。"

他把黑袍往身后一甩，双手把藏在下面的东西举了起来。与此同时，阳光透过东面的小窗户照射进来，洒在那个东西上面。刹那间，它绽放出璀璨的光芒，宛如在清晨刚刚修剪过的草地上闪烁的无数颗钻石般晶莹的露珠，宛如瓦维尔山上宫殿里国王的大客厅中一千盏光彩夺目的吊灯，宛如王后王冠上闪闪发光的红宝石和绿宝石。这个在朝阳的照耀下，犹如奇珍异宝般发亮的东西正是塔尔诺夫大水晶球！

"这个东西是从哪儿来的？"切尔涅茨基先生惊讶地大声喊道，吵醒了隔壁房间的切尔涅茨基太太和伊丽莎白，"天啊，你是从哪儿找到这个宝贝的？这个宝贝在我的家族中传了一代又一代，我所有的祖先，包括我自己，都发誓要永远守护它。除了波兰国王，我们不会把它交给任何人。它不是被人从我这里偷走了吗？因为这件事，我的心都快碎了。它是怎么到你手里的？是不是你从那个被国王亲卫队抓走的匪徒手里抢过来的？或者是你从大火的废墟里找到的？还是说，是你——"他突然恍然大悟，吓得说不出话来。

"这是个受了诅咒的东西！"炼金术士突然大声喊道。说完，他身子摇摇晃晃地跌倒在扬·康提的怀里，仿佛要晕了似的。"这上面沾满了鲜血，还有火！它引诱王公贵族走向毁灭！它让人因欲望而丧失理智！它引诱好人去偷盗，怂恿恶人去杀人。我再也不招惹它了。听着，我再也不招惹它了。"他整个人变得狂躁不已，但这些疯狂的情绪背后又充满了理智和决心。"我再也不招惹它了，"他反复说，"再也不招惹约翰·特林了！"

说完，他就晕倒在地上了。

扬·康提把他扶起来，而伊丽莎白也从吹号手的房间跑了出来，冲上去亲吻他，轻轻抚摸着他那双被大火熏黑的手。

切尔涅茨基先生捡起塔尔诺夫大水晶球，微笑着伸出手臂把它举了起来。

"现在好了，愿我们所有人都能安享和平，"他说，"我终于可以履行家族的誓言，把它献给国王了。大水晶球的藏身之处还无人知晓的时候，我想着能藏多久就藏多久。可是，既然这现在已经不是什么秘密了，那对它来说唯一安全的地方就是国王的宫殿了。克罗伊茨先生说得没错，这个宝贝已经给这个世界带来了太多的灾难。"

　　"既然这样，你马上就可以把它送走了，"扬·康提突然打断他的话，"国王两天前已经回到克拉科夫城了，今天上午我们就可以去城堡觐见国王。"

第十五章
国王卡齐米日·雅盖隆

克拉科夫城拥有众多奇观，但在约瑟夫眼中，最令人浮想联翩的莫过于坐落在瓦维尔山上的这座皇家城堡。即便曾经遭受多次围攻，它那古老的基石依然坚不可摧，城堡上众多的塔楼、角楼和城墙都是由砖石垒砌而成，高耸巍峨、固若金汤。城堡正中央被宫殿两翼围住并保护着的，是一座样式奇特的圆塔，它高高在上，俯瞰着下面蜿蜒的维斯瓦河和克拉科夫城。圆塔原本是远古时期人们祭祀斯拉夫古老自然之神的地方。如今，除了偶尔有市民来城堡参观之外，圆塔已经成了一个隐蔽而安静的地方。此时，约瑟夫就站在这里，遥想着曾经发生在这里的一切。

他对克拉库斯的传奇经历非常熟悉，这位黑暗时代的英雄杀死了曾经居住在这里的一条恶龙。据说城堡的地下有一个洞穴直通维斯瓦河，一旦城堡被攻破，那里便可以作为逃生的秘密通道。这个洞穴曾经就是恶龙的藏身之处。克拉库斯降伏了恶龙之后，瓦维尔山上才开始有人居住，人们才看到高耸入云的尖塔和钟楼在瓦维尔山上拔地而起。不过，这一切，约瑟夫似乎都已经见过了，这里每一座历尽沧桑、宏伟壮丽的石砌建筑都闪耀着历史的光辉，激起了他无限的遐想。然而，还有一份荣耀他还未曾亲眼见过，那就是波兰国王。

所以，大火过后的这天早上，当一行人离开圣母玛利亚教堂向瓦维尔山进发的时候，一想到激动人心的时刻马上就要到来，约瑟夫的心在胸口跳得厉害。要见到国王了，要正式觐见国王了——一想到这儿，他顿时感到热血奔涌、指尖发麻。

在扬·康提的建议下，他们带上了炼金术士，虽然他看上去还像在梦游一样。

"今天凌晨我发现他的时候，他正在被大火席卷的街上游荡，"扬·康提说，"可见他一整夜都在城里最危险的地方乱跑，也不知道他是怎么躲过那纷纷落下的木头和熊熊燃烧的炭火的。他肯定心里有事，有什么事沉重地压在他心头，所以举止才会像中了邪一样。"

"既然这样，您认为带上他真的合适吗？"切尔涅茨基先生问道，考虑到克罗伊茨先生现在的状态，切尔涅茨基先生从一开始就觉得带着他觐见国王不太妥当。

"是的——我有种奇特的感觉，"神父回答道，"我觉得他能帮到我们。我们有太多事情需要向国王陛下解释了。如果克罗伊茨在场，我们的解释就可信多了。说不定，克罗伊茨先生本人也能因此获得帮助，他需要有人替他打开心结。况且，他对我们并无恶意，带上他也无妨。"

克罗伊茨先生的脸和双手已经洗干净，身上也已经看不见大火留下的污垢了。不过他身上的袍子已经不能穿了，于是切尔涅茨基先生在他肩上披了件长外套。

约瑟夫跟着这三个人一路向前。"伍夫"留在教堂塔楼上，趴在吹号手房间的地板上睡觉。切尔涅茨基太太和伊丽莎白也留在那里，切尔涅茨基先生已经拜托天一亮就来接替白班的吹号手照顾她们。一路上，切尔涅茨基先生和扬·康提必须时时搀扶着炼金术士，因为他只能奇怪地拖着两条腿走，犹如梦游的人。不过，他拖着的脚步虽沉重缓慢，却也勇敢无畏。虽然并不十分清楚周围发生了什么事情，但他相信身边的这两个人是自己的朋友，正要带他去一个好地方。

他们在城堡街往右转，终于爬上了通往瓦维尔山上皇家城堡的斜坡。他们身后满目疮痍。一条条街道上空无一人，废墟里还在冒黑烟，无数从房子上落下的木头还在燃烧。废墟之中救火的人们还在忙着拆除烧焦的房梁，接着从水车中取出大量的水浇上去，现在所有的水车都由马拉了。贝克街、金匠街、犹太街和布罗德街都遭受了严重的损失，而城堡街一侧损失更惨重，鸽子街上的房屋已经完全被烧毁，圣安街上也只剩少数几座建筑。

在去往宫殿的途中，扬·康提一行人被卫兵拦下来盘问了两次。不过当认出好心的神父时，卫兵就毫不怀疑地立刻放行了。约瑟夫又一次见识了扬·康提的德高望重。不过，扬·康提本人一点也没表现出骄傲自满和卖弄炫耀。面对世间的万事万物，他像孩子般天真单纯。然而，他的名字好像拥有魔力，即便在皇宫也不例外。最后，他们到了瓦维尔山上一条通往皇宫的小路上。这里的卫兵举起手中的长矛向扬·康提致敬，让他们在这里等一等，他先去通报一声。

卫兵很快便返回来了，严肃庄重地说："国王陛下口谕，只要是扬·康提神父求见，他都允准。只是，各位需要稍等片刻，等待当前正在进行的召见结束。"

他们大约等了十五分钟，然后一个身穿蓝袍、看上去地位不低的官员出来宣布，国王卡齐米日·雅盖隆宣召扬·康提和他的朋友们。

吹号手的诺言

一行人跟在蓝袍传令官身后走进一座宽敞的庭院，之后踏上了左侧的大理石台阶，最后来到了一个大阳台里。这时，一扇大门突然朝里面打开，他们就站在了国王面前。

约瑟夫事后回想起这件事，仍旧觉得当时的情景就像梦一样，平淡安静又不拘礼节。卡齐米日国王在一间小型接待室接见了他们，在这里得到召见的人往往无须在意常规礼节。扬·康提就享有国王赐予的这种特殊待遇。

约瑟夫跟他爸爸单膝跪地，向国王行礼。国王坐在高背椅上，头顶并没有华盖，只是椅背的顶端有一顶皇冠，正好和国王头顶的位置一样高，乍一看还以为皇冠是戴在国王头上的。国王身穿一件宽大的紫袍，袍子的下摆一直垂落到他的软皮浅帮鞋面上，硕大的衣领上绣着各种各样、五颜六色的图案，一条沉甸甸的金项链把两边领口扣在一起，衣领下面还可以看到用金线绣成的奢华背心。长袍的袖子也十分宽大，他坐着的时候袖子一直垂到了膝盖上。整件长袍镶上了厚厚的毛边。国王头上戴着和长袍同样颜色的小帽子，帽顶低低的，面料软软的，四条边微微向上翻起。

国王本人看上去闲适随意，不拘礼节。他的卫兵却全副武装，看上去完全不同。国王左右两侧各站着一名身穿板甲的卫兵，他们的手臂、前胸、大腿和小腿都被坚硬的金属板包裹着，腰上别着一把直刃短剑，随时准备拔剑战斗。两名卫兵站在那里一动不动，犹如两尊雕塑。小型接待室里还站着一众骑士，他们身穿不同类型的铠甲：有的只在长裙样式的外套里面穿着轻薄锁子甲，有的穿着只覆盖了肩膀至大腿区域的方格图案锁子甲，还有的穿着重盔重甲，脚上穿着有马刺的铁靴。

国王的前面还站着两个手执权杖的侍卫，国王说话时，他们站在那里一不动。

扬·康提正要上前行吻手礼，国王示意他不必行此大礼，并开口问他：“这是怎么回事？他们是昨天夜里从大火中逃出来的可怜市民吗？”

"是的，"扬·康提回答道，"确实没错。不过，我们并不是因为火灾一事而来。我们请求面见陛下是为了一件比我们想象中更为重要的事情。这两人是切尔涅茨基家族的切尔涅茨基先生跟他的儿子约瑟夫。他们原本住在乌克兰，因为遭到暴徒袭击，被迫逃难至此，今天请求面见陛下的正是他们父子俩。"

"那么，"国王马上产生了兴趣，对安德鲁说道，"快快请起，跟我说说你们遇到了什么麻烦，当前我对关于乌克兰的事十分关注。我也听说了不少关于乌克兰的消息，都不是什么好消息。你们遭遇了什么灾祸呢？"

切尔涅茨基先生一边站起身，一边从外套下面拿出那个水晶球，毕恭毕敬地说："如若陛下不嫌弃，我希望能把这个塔尔诺夫大水晶球献给您。"

当安德鲁举起水晶球时，阳光正好照在上面，整个接待室里面的人都被红橙蓝黄的波浪形光斑照得闪闪发光。它闪烁着耀眼的光芒，几乎像闪电一样冲击着在场每个人的眼睛。国王简直是一跃而起，从安德鲁的手中接过了这个神奇的宝贝。

"多么神奇啊！多么美丽的宝贝啊！"国王不禁大声赞叹起来。站在他周围的臣子和卫兵也在窃窃私语，赞叹着："世界上哪里能找到如此神奇的宝贝呢？"

"我也不知道它是哪儿来的，"切尔涅茨基先生回答道，"不过，这么多年来它一直由我的家族保管着。"

"那你为什么要把它献给我呢？"国王不解地问，"它至少抵得上我这个皇宫里所有宝贝四分之一的价值。"

"请听我给您解释。两百多年来，我的家族一直受托保管这个宝贝，我们发誓一直守护它。不过，一旦它的藏身之处暴露，随之而来的就是很大的危险，我们必须将它献给国王陛下。"

"这么说，它的藏身之处已经暴露了，是吗？不过，还是先告诉我，你为什么要将这么神奇的宝贝藏起来呢？"

"尊敬的陛下，这可就说来话长了。如果您想知道详细经过，事后我可以写下来告诉您。现在，我只能长话短说了。很多很多年以前，塔尔诺夫被鞑靼人攻克，市民们就将这个水晶球交给我们家族的一位先人保管。我的这位先人曾经发誓，即使牺牲生命也要保护好这个水晶球，以免它落入图谋不轨的人手里。因为它的美丽背后隐藏着奇特的属性，类似魔法、巫术之类的法力。而且它之前受了诅咒，它是神秘之物，是邪恶的'始作俑者'。塔尔诺夫重建后，住进了新的市民，而这个水晶球一直留在了我们家族里。"

"那这个秘密是怎么泄露的呢？"

"我家有一个仆人是鞑靼人，他跟在我身边很多年。我习惯把这个水晶球藏在南瓜里面，这个人一定是多次看到我把南瓜掏空，并在外壳上涂抹油脂和树胶给它做保养。这个仆人头脑简单迟钝，没什么心眼，所以我并没有特意防着他。然而现在看来，这个人虽然不聪明，但并不缺乏好奇心。现在我相信，正是出于好奇，他便对我进行窥视，最终发现了我保养南瓜的目的。大约一年前，这个仆人离开了我家，就在他离开仅仅几个月之后，我家就遭到了袭击。我敢肯定是他把这个秘密出卖给了某个鞑靼首领。"

"那他知道这个水晶球的价值吗？"

"这一点我就不知道了。不过我知道的是，关于这个水晶球的传说在鞑靼人和哥萨克人中间广泛流传开了。他们小时候就听说过这个故事，所有人都希望自己长大以后有一天能找到这个水晶球。"

"你这个美丽的小东西啊，"国王目不转睛地盯着水晶球说，"你能不能开口告诉我们，人们为了得到你都做了些什么？你这个残忍又神奇的小东西啊。"

切尔涅茨基先生双膝跪在国王面前。"请您收下这个水晶球，守护它吧，尊敬的国王陛下！"他怀着最诚挚的感情大声恳求着，泪水已经滑落脸庞，"这个东西已经给这个世界带来了太多灾难，现在对我的家族来说，它只是一种负担，只能给我们带来永无止境的焦虑和痛苦。我的祖先在很多很多年以前甚至挖了一条地道，以便在因为水晶球被人袭击的时候带上它偷偷逃走。这条地道构思巧妙，十分隐蔽，这么多年以来，除了我们切尔涅茨基家族每一代的一家之主以外，没人知道这条地道。"

"虽然这个宝贝非常美丽，但我打心底里痛恨它，希望永远都不要再看到它了。就因为它散发的每一道光芒，成千上万的人为了得到它而打斗、牺牲；因为它体内潜藏的每一抹色彩，痛苦和灾难在整个国家迅速蔓延。我已经信守誓言保护它很久了，现在，我实在无法继续保护它了。我已经履行了我当初的誓言。"

国王目不转睛地注视着这个水晶球，突然打了一个寒战，仿佛看到了里面有什么可怕的东西。

"过不了几年我就老了，"切尔涅茨基先生继续说，语气中充满了恳求，"我乌克兰的家已经不存在了：我的房子已经被烧毁，田地已经荒芜。这一切全都是因为我拥有这个水晶球而遭人忌妒。"

紧接着，切尔涅茨基先生继续讲述了他们一家逃离乌克兰的经历，以及一路上被人追杀、临时住处遭到抢劫、在教堂塔楼上被袭击的事情，还有那个阴魂不散的纽扣脸彼得，也就是乌克兰人所知的恐怖波格丹。

最后他说："我不知道这个人是谁派来跟踪我的，但我儿子约瑟夫告诉我您的亲卫队已经在街上抓捕了这个叫彼得的人，他现在是您的犯人了。能否请求您让我跟他当面对质，说不定就能知道真正把我赶出乌克兰的是谁了。"

他说这些话的时候，国王的注意力慢慢从水晶球上移开了。当他提到彼得这个名字的时候，国王突然变得异常激动、焦躁不安。

"这个人在我手里，"他大声喊道，"马上叫人把他带上来。我安排在乌克兰的密探报告说近期会有一场大叛乱，这个叫彼得或波格丹的人待在波兰的目的就是促成这场叛乱。我把他的相貌告诉了我的卫兵，并发布了悬赏公告。昨天晚上他们在烈火熊熊燃烧的区域发现了他，并把他抓了起来。我现在就叫人直接把他带上来！"

随即，两个手持长矛的卫兵把彼得押送了进来。他走进来的时候，绑在胳膊和腿上的长锁链拖在地板上发出"当啷当啷"的刺耳响声。一开始，他都没正眼瞧切尔涅茨基先生他们，只是看着国王，双臂交叉，目空一切，傲气逼人。见状，两个卫兵强行将他按倒在地上。

然而，当他看到塔尔诺夫大水晶球时——国王之前把它放在自己前面的地板上了——脸上那满不在乎的表情立即消失了。随即，他朝左右两侧瞥了一眼，丢给切尔涅茨基先生和炼金术士一个痛恨的眼神。

"你被指控背叛了波兰共和国，"国王马上开口说，"你有什么要为自己辩解的吗？"

"控告我的人是谁？"

"是乌克兰长官，"国王回答说，"除此之外，你还被指控犯下其他罪行。其中一个就是迫害了我面前这个市民——你毁了他的家园，毁了他的田地，还趁他在教堂塔楼值夜班的时候偷袭他。这其中任何一项罪行都可以判你死罪。"

有那么一会儿，彼得依然保持着镇定自若的气势。

不过很快，他比常人更敏锐地意识到即便现在为自己进行无罪辩护，也很快就会被证明辩护无效；所以为了达到保命的目的，他迅速改变应对策略。

"我请求赎回自己的自由身。"他坚定明确地表明了自己的态度。

"你手里有什么在我看来足够有价值的东西吗？"

"有很多。您的乌克兰正面临危险。"

国王思考了几分钟：一方面，饶这个人一命，自己实在是不情愿，毕竟他犯了那么严重的罪行；可是另一方面，如果手下留情给他留一条性命，他手里掌握的情报说不定真的很有价值。当前整个乌克兰正处于一片骚乱之中，即便自己最信赖的密探都没有办法把局面弄个水落石出。之前，从罪犯口中获取情报的一般做法是对他们严刑拷打，这种做法在战场上非常普遍；可是，对付彼得这类亡命之徒，就算严刑拷打让他开口招供了，通常也得不到实话。哥萨克人向来信守承诺，而彼得身上流淌的哥萨克血液足以让他在乌克兰和东方被当作哥萨克人。

"今天我很愿意发慈悲，"国王回应他说，"最近在我的都城之内发生了太多的不幸，我实在不希望再生出什么事端。即便判你死罪，也不够抵消你犯下的罪行，不如让你掌握的情报为国家做点贡献。我本可以对你严刑拷打，不过我愿意采取一种更不费力的方法……好啦，听着，"他大声警告这个哥萨克人，"对你要跟我透露的情报，有些我多少是知情的，我在乌克兰的密探已经向我汇报过。如果你胆敢说一句谎话来骗我，我就立刻把你拖出去，让你吊死在城楼门口。听明白了吗？"

"明白。"彼得毕恭毕敬地回答。此时听到国王的威胁，他已经吓得脸上有些发白了。他原本是个胆大包天的亡命之徒——要不然也不会在连续失败两次之后还敢冒险第三次潜回克拉科夫城了。只要他还拥有自由，只要他还能战斗，他就不怕死。可是现在，自己被五花大绑困在这里，一想到要被吊死，他就吓得两腿发抖，于是他暗自下定决心，这回一定说真话。毕竟，他的行动结束了，他的全部图谋已经彻底失败了。水晶球已经到国王手中了，他拿不到了。

"还有一件事，"他低声说，"我还有最后一件事相求，国王陛下，我说的话绝对不能跟任何人提及。如果被人知道我说了实话，我的命也保不住了——所以，"他打了个响指说，"我恳请您答应我，国王陛下。"

"我答应你。"

"这样一来，我就可以放心说了。我原名叫波格丹，乌克兰人都叫我'恐怖波格丹'。两年前的3月，我受一位高官的传唤前往莫斯科，他说有个大人物有话跟我说。而我一向乐意接受新任务，于是欣然前往，尽管我们哥萨克人对莫斯科人从来没什么好感。到那里之后我被人带去见了伊万。"

此时，国王打断他说："你指的是——"

"我指的就是伊万大公本人，莫斯科人的最高统帅，那个盲人的儿子。他野心勃勃，想要把周围所有的土地统一起来归他统治——他想当皇帝，人们是这么说的。"

　　国王咬着嘴唇，眼睛快速眨了几下。"这件事他们早就跟我汇报过了，"他生气地大声喊道，"我只是需要你来向我证实罢了。伊万啊——伊万——好一个小人加伪君子。当面假惺惺献殷勤，背地里却背信弃义！"他愤怒地在房间里踱来踱去，一会儿之后又重新面向彼得，说话的语气也冷静了下来，回到了最开始的平和状态。"继续往下说。"他命令道。

　　"在这件事上，伊万已经取得了部分成功；不过他的野心不止于此，他还梦想统领边境线上的鲁塞尼亚人和立陶宛人。然而，他清楚地知道，边境线上这些人心甘情愿地接受波兰的统治，甚至包括鞑靼人统治的基辅城；于是他转而攻打乌克兰的波兰人。有人建议他跟鞑靼人联手，他甚至已经派使节就借兵对付波兰人一事去跟可汗谈判了。不过，可汗的回答令人惊奇。"

　　"可汗说什么？"国王好奇地问。

　　"可汗是这么说的，他同意率领鞑靼军消灭乌克兰的波兰人，但是有一个条件，那就是伊万大公要把塔尔诺夫大水晶球交到他手中。"

听到这里，在场的所有人都大为吃惊，切尔涅茨基先生尤为震惊。他们谁都没有想到这个水晶球如此重要。

"他是怎么知道水晶球的下落的？"国王接着问他。

"在东方，人人都知道塔尔诺夫大水晶球。"彼得回答，"任何一个魔法师、占星师、首领以及王子，都渴望得到这个宝贝。据说，它除了是一颗价值连城的宝石之外，还具有一种特殊的能力：人只要盯着它看，就可以看到未来，还可以发现非常有价值的秘密，还可以看见去世已久的故人的面孔。当然，关于它的传说还有很多，自从鞑靼人西征途中在塔尔诺夫把它弄丢之后，他们一直在寻找它。"

国王思索了几秒钟。"那么，鞑靼可汗向伊万要水晶球的时候，是不是已经知道伊万根本不可能拿得出来呢？他会不会只是想以此为借口拒绝出兵攻打波兰人呢？"

"不是的，国王陛下，没有这样的事。"彼得加重语气说，"不久以前，一个仆人从他家跑了出来，"他用手指着切尔涅茨基先生，"那个仆人回到鞑靼人的地盘之后到处散播消息，说水晶球有下落了，就藏在乌克兰的一个居民家里。你肯定也猜到了，这个消息也传到了可汗的耳朵里，而他对奇珍异宝的爱好几乎达到了疯狂的地步。我从伊万那里离开之后去了鞑靼部落，便听说了此事。于是伊万答应可汗，他会全力以赴、想方设法替可汗拿到水晶球。"

"这么说，你就是那个中间人了？"

彼得鞠了一躬，承认了。

"随后伊万就派你去切尔涅茨基先生那儿，想让你把它抢走？"

彼得又鞠了一躬，不过这次他只是弯了一下腰。

国王两只眼睛一下子喷出怒火。"你真是条走狗，"他呵斥道，"还不如基督徒眼里的畜生。为了这个水晶球，你不惜烧毁人家的房屋跟田地。对了，为了达到自己的目的，你还威胁人家的性命。作为国王，我肩负的责任多么重大……我想要的只是国家和平、邻里和睦、人民幸福。然而，波兰从来都逃避不了战争的羞辱。北方和西方的敌人威胁我们还不够，南方和东方的敌人也在密谋破坏我们的幸福。啊，波兰啊波兰，你的儿女什么时候才能真正享受上帝为全人类创造的平静生活？至于你，"他重新面向彼得，"你还有什么话要说？"

"我失败了，"彼得悲愤地回答，"我只知道我会重获自由，因为雅盖隆家族的人从来没有不信守诺言的。不过，要不是这个家伙，"彼得用手指着炼金术士，此时的他站在接待室后面，半闭着眼睛注视着眼前的一切，"我早就拿到这个水晶球了。"

国王没有回话，而是对卫兵说："把他带下去。"

一个身穿盔甲的上尉走上前。"太阳升起之时，把这个彼得交给弗洛里安门的守城卫兵。告诉他们，务必确保他安全穿过边境线，但是，他到达边境线之前绝对不能解开他身上的锁链。到那儿之后就不用管他了。不过，要是他敢再踏上波兰的土地，立刻把他吊死在最近的一棵树上。"

卫兵押着彼得离开之后，国王对切尔涅茨基先生说："我以波兰共和国国王的名义对你表示最衷心的赞扬；在这件事情上，作为一个公民，你表现出了对国家的赤胆忠心，为国家做出了巨大贡献。这么多年来，你的家族一直信守诺言。只是为了曾经许下的誓言，便甘愿承受这么大的痛苦，这是多么了不起、多么高尚的事情啊。因此，我衷心地感谢你们。"

说完，他从脖子上取下金项链。这条金项链美得令人惊叹，沉甸甸的实心链环是用最纯的金子打造的。

"戴上这个吧，"他说着亲手把金项链戴在切尔涅茨基先生的脖子上，"这条项链将永远成为你对国家忠诚的一个象征。我保证，国家会对你失去的财产给予补偿，因为你失去的一切都是为了我们大家。如果这个水晶球被那帮盗贼偷走，交给了鞑靼人的可汗，那么此时乌克兰很可能已经被鞑靼人和伊万的军队侵占了。我保证，我会找个合适的日子，遵照正常礼仪，郑重其事地给你恰如其分的奖赏。"

这时，扬·康提朝大家使了个眼色，暗示本次觐见结束了，于是所有人都跪在国王面前。

国王也弯下了腰，不过只是为了去拿水晶球，刚才整个会面过程中，水晶球一直放在他面前的地板上。那一刻约瑟夫正好抬起头，看见国王目不转睛地盯着水晶球，完全忘记了眼前的一切。他就站在那里，盯着这个可怕又美丽的宝贝，仿佛被催眠了一样。

第十六章
塔尔诺夫大水晶球的归宿

约瑟夫和他爸爸还在地板上跪着，突然发生了一件意想不到的事情，将这一天的局面彻底地改变了，而造成这一切改变的人是炼金术士克罗伊茨。

原来，整个觐见过程中克罗伊茨都在认真地看、仔细地听，虽然他的眼睛半闭着，但双方你来我往的一言一语、势均力敌的争辩、手势动作、决定，一样都没有逃过他的眼睛和耳朵。就在这最后的时刻，他从众人身后一跃而起，犹如一条扑向骨头的饿狗，从国王手里一把夺过了水晶球。

他紧紧抱着水晶球，整个人疯了似的径直朝门口冲去。一个卫兵被他推了一把，惊讶地连连后退。

"拦住他！"扬·康提大声喊道，"别让他做傻事。"

克罗伊茨像风一样迅速跑掉了，拦住他已经来不及了。他已经出了门，跑到外面的阳台上，然后径直下了楼梯，来到下面的院子里，那里的卫兵虽然惊愕不已，却没有正当的借口去抓他，毕竟他是尊贵的客人，是和扬·康提神父一起来的。他飞快地冲出了院子的小门。这时，国王、手持权杖的侍卫、卫兵也跑到阳台上，大声命令下面的卫兵拦截克罗伊茨。他们后面跟着切尔涅茨基先生和约瑟夫，扬·康提神父落在最后面。下面的卫兵接到指令后立即开始追赶，并由近及远依次向下一道大门的守卫传达着同一道命令。但克罗伊茨犹如一股飓风，冲破手持武器的卫兵的把守，跑出了城堡的大门，顺着山坡跑到了下面的草地上，然后向左拐，冲到了蜿蜒在瓦维尔山脚下的维斯瓦河。

切尔涅茨基先生和约瑟夫紧随卫兵继续追克罗伊茨，另一边，确定了克罗伊茨奔跑的方向后，国王带着

![吹号手的诺言]

扬·康提神父迅速跑到对着河边的城堡一侧，站在那里可以直接眺望维斯瓦河。克罗伊茨已经来到了河边，只见他突然转过身，做出要跳河的动作，示意追他的人不要继续靠近他。要知道，这个时节的维斯瓦河正在涨水，而且水流湍急。众人只能暂时停下追他的脚步，无可奈何地站在那里，等克罗伊茨先开口。

"听着！"他大声喊道，先是望着河岸上距自己不远的追兵，然后直接抬头望向对面的城堡，看见扬·康提神父和国王正靠着城堡的墙壁朝下看着他。

有那么一会儿，克罗伊茨一声不吭地站在那儿，整个人看上去很怪异。他身上的衣服乱糟糟的，头发被风吹得凌乱不堪，脸上的五官剧烈地抽动着，而精妙绝伦的水晶球就在他手中。

"你们听着！"此刻，他提高嗓门，语气尖厉地大声喊道，"从切尔涅茨基先生那里偷走水晶球的人是我。我第一眼见到这个水晶球，就跟之前见过它的很多人一样，立刻被它的美丽冲昏了头脑，全然忘记了人应该正直、诚实。我盯着它看，便看到了魔法师和占星师几百年来孜孜以求的东西，看到了能让自己功成名就、让全世界羡慕的好办法。我抵制不住这么大的诱惑，于是我堕落了。可是现在，我一定要保证这个受了诅咒的水晶球再也不给人类带来任何灾难。"

说到这儿，他突然停了下来，仿佛刚才话说得太多，导致气力不够。不过他很快爆发出一阵毫无顾忌的笑声，接着大声说："有个叫特林的学生，没错，就叫特林，他是我以前教过的学生。因为我盯着水晶球看的时间太久，导致心志越来越弱，这一点，我自己知道，他也知道。是他蛊惑我说，只要我们掌握了炼铜成金的方法，就能拥有无限的能力。当初是他命令我念出从水晶球里看到的点石成金的方法。可是，我都看到什么了？我看到的不过是自己脑子里的疯狂想法。最终，我们两个一无所获，却给整个克拉科夫城带来了贫困、痛苦和灾难。就因为我们两个人的疯狂行为，半座城市化为了灰烬，无数男女老少一夜之间无家可归、一贫如洗。"

说完这些话，他之前高亢的声音低了下去，变成了呜咽声。他站在那儿，耷拉着头看着地上。留给大家一个可怜兮兮的身影。

"打住，老兄！我们都是你的朋友。"扬·康提大声喊道。

"不，我这样的人不配有朋友。不过——"他突然挺直肩膀，"既然这样的一个水晶球引得人与人之间争斗不断，国与国之间战火纷飞——此时——此地——就让我来结束这一切吧！"

说完，他挺直身子，像个巨人，突然转过身，用尽力气把水晶球抛向了空中。

阳光照在水晶球上。有那么一会儿，它犹如飘在天地之间的一个闪闪发光的气泡或者一颗闪闪发亮的流星。随后，水晶球一点一点地往下坠，下坠，下坠——终于"哗啦"一声掉入深不见底、水流湍急的维斯瓦河中，激起的漩涡一时间冲击着奔流的水浪，很快河面又恢复了原样。

现场的人群陷入了深深的沉默。克罗伊茨的举动透着一种庄严肃穆的仪式感和一种超凡脱俗的神秘感，还蕴藏着一种超自然的非凡力量——他的情绪是如此激动，而水晶球是如此美丽。这时，扬·康提神父提议说："让我们一起祈祷吧。"于是，所有人都跪了下来。简短的祈祷结束后，他们走上前去把瘫倒在地的克罗伊茨扶起来——刚才他突然倒在了地上，好像突然生病了一般。人们把他送回了圣母玛利亚教堂的塔楼，交给伊丽莎白和切尔涅茨基太太照顾。

与此同时，国王召见了扬·康提神父，经过长时间的商议和反复的权衡之后，他们决定不派人从河里打捞水晶球。即便水晶球纯洁无瑕、美丽绝伦，可是自诞生以来，它已经给人类带来了太多灾难和不幸，根本不值得让人留着。

即便打捞上来，万一它的藏身之处又被人发现，万一别的国家又千方百计来抢夺呢？难道要国王的军队和整座瓦维尔城堡为了它而永远处于备战状态吗？毫无疑问，对水晶球这个宝贝来说，没有比维斯瓦河更安全的安身之地了。

就这样，即便之后的几百年仍有许多人在苦苦寻找，直到今天，塔尔诺夫大水晶球从来没被人打扰过。1462 年炼金术士克罗伊茨把它扔进瓦维尔山附近的维斯瓦河之后，它就一直沉睡在那儿。

切尔涅茨基先生得到了国家给的足够的补偿金，得以重建乌克兰的家园。他马上返回了家乡，还带上了伊丽莎白和克罗伊茨。经历了之前的种种事件，克罗伊茨的身体很长一段时间内都很虚弱。等他完全清醒过来时，已经是他把水晶球扔进河里几天以后了。尽管完全恢复了正常的神志，但他根本记不起自己所做的那些荒唐事了。火灾过后，那个叫特林的学生肯定立刻回德国的老家去了，因为再也没有人在克拉科夫城见过他。几年后，他因为会施魔法在自己家乡获得了一些名气。据说他在施魔法的时候经常召唤魔鬼来帮助自己。

　　约瑟夫则在克拉科夫大学继续学习，直到二十二岁大学毕业，之后他回到乌克兰打理他爸爸的产业。不久后，他和自己的青梅竹马伊丽莎白结为夫妻。至此，我们迎来了本故事的圆满结局。让我们以波兰人深藏于心的一句祈祷——波兰国歌的开篇——来结束：

　　愿上帝保佑波兰！

尾 声
休止符

时光飞逝，已经是 1926 年了。如今，维斯瓦河已经不再流经瓦维尔山，也不再穿过克拉科夫平原了，而是奔腾到最西边，把整个平原——现在的新城——环绕了起来。城堡、塔楼，还有瓦维尔教堂，依然雄伟壮丽，傲然屹立于瓦维尔山顶。圣安德鲁教堂经历了八个世纪的大火的考验、外敌的围攻、战争的洗礼，依然在格罗兹卡大街上高昂着它的头颅——那两座塔楼。老纺织会馆在文艺复兴时期得以重建，焕然一新地坐落于中央市集广场的正中心。虽然这座城市已经褪去了昔日的光环，瓦维尔山上的城堡里也没有了国王。然而，创于

14世纪的大学、美术、音乐、手工艺以及贸易，经过时光的沉淀，赋予了这座城市一种新的辉煌，一种文明的辉煌，吸引着波兰各地的学子到这座神圣庄严的城市求学、生活。城里时不时还能见到不多的罗马式墙垣或拱门——那是遭受鞑靼人、哥萨克人或瑞典人袭击后幸存下来的。除此之外，随处可见的便是哥特式建筑。

然而，这座城市最耀眼的一颗明珠还是圣母玛利亚教堂。虽然它不再鹤立鸡群，不再像先前那样从远处就能看见它的全貌——现在，宫殿和其他的建筑物在它的四周拔地而起，把教堂包围了起来，人们只有走近它时才能看到它的两座塔楼。当你慢慢靠近时，它壮观恢宏的气势顿时扑面而来。许多只鸽子突然飞下来，去吃地上的面包屑，塔顶顿时变得静穆起来。教堂脚下是老城的墓地，墙上供奉着墓碑和神龛，南门口还挂着铁项圈，当时的罪犯站在那里向虔诚的教徒请求祈祷和乞讨时，脖子就会被套上铁项圈。教堂里面更是精美绝伦、名不虚传。四处是精美的木雕，顺着廊柱抬头望去，是天蓝色的穹顶，上面还装点着星星。石像从哥特式石槽的断裂处向下望去，而石碑、旗帜、圣坛、神龛全都展现出令人惊叹的美丽。

听！是有人在吹奏吗？这从天而降的天籁到底是从哪里传来的？哦，是从塔楼传来的。此时正是教堂整点钟声敲响的时候，一位吹号手正在塔楼一个敞开的窗口后吹着小号。他吹的是什么曲子？是《海那圣歌》，很多个世纪之前，鞑靼大军烧毁这座城市时，一个年轻人吹奏的就是这首曲子——听，曲子还未完，吹号手在乐曲中突然停止了……《海那圣歌》他吹了四遍，分别朝着东、西、南、北四个方向的窗口吹了一遍。无论男女老少，听到号声响起，都会想起许多年前，有个年轻人坚守誓言，将自己的生命献给了国家，献给了上帝，献给了使命……自那以后，波兰经历了无数次严峻的考验——几个世纪的战乱、百年的沉沦。然而，一直以来无论发生了什么，《海那圣歌》每个小时都会准时响起。每一年吹号手都要宣誓守住这项传统，直到永远。听，此时此刻，号声又响起来了。

愿它为人类带来和平！

即便为之付出生命，
也在所不惜，
因为我的誓言跟我的生命一样重要。